鲁迅精读

谢冕 主编
解玺璋 副主编
鲁迅 著

读者出版社

目　录

鲁迅精读

狗·猫·鼠（节选） 001

阿长与《山海经》 008

五猖会 017

从百草园到三味书屋 024

父亲的病 031

琐　记 038

藤野先生 048

范爱农 056

秋　夜 066

雪 070

风　筝 073

好的故事 077

这样的战士 081

聪明人和傻子和奴才 084

一　觉 088

淡淡的血痕中
——纪念几个死者和生者和未生者 092

腊　叶 095

一件小事 097

头发的故事 101

明　天 109

社　戏 117

端午节 127

白　光 137

兔和猫 145

祝　福（节选） 152

鸭的喜剧 161

示　众 166

补　天 173

药（节选） 185

狂人日记（节选） 192

优胜记略（节选） 198

鲁迅：孤独的反叛者 209

鲁迅年表 215

狗·猫·鼠（节选）

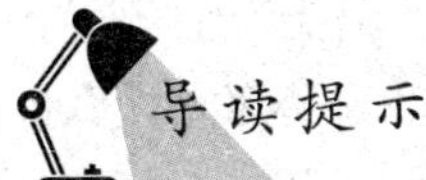

猫在人们的印象中一贯是温顺、乖巧的，但在鲁迅先生的笔下，猫却成了最讨厌的动物。文章通过对童年的追叙，交代了作者“仇猫”的原因，表面上讨厌猫，实际上却鞭挞了具有与猫类似习性的一类人。

文章运用反语和曲笔，以动物喻人，夹叙夹议，寓意深厚。阅读的时候要仔细品味哦。

听说西洋是不很喜欢黑猫的，不知道可确；但Edgar Allan Poe[1]的小说里的黑猫，却实在有点骇人。日本的猫善于成精，传说中的“猫婆”，那食人的惨酷确是更可怕。中国古时候虽然曾有“猫鬼”，近来却很少听到猫的兴妖作怪，似乎古法已

---

[1] 埃德加·爱伦·坡（1809—1849），十九世纪美国诗人、小说家和文学评论家。

经失传，老实起来了。只是我在童年，总觉得它有点妖气，没有什么好感。那是一个我的幼时的夏夜，我躺在一株大桂树下的小板桌上乘凉，祖母摇着芭蕉扇坐在桌旁，给我猜谜，讲故事。忽然，桂树上沙沙地有趾爪的爬搔声，一对闪闪的眼睛在暗中随声而下，使我吃惊，也将祖母讲着的话打断，另讲猫的故事了——

“你知道么？猫是老虎的先生。”她说，“小孩子怎么会知道呢，猫是老虎的师父。老虎本来是什么也不会的，就投到猫的门下来。猫就教给它扑的方法，捉的方法，吃的方法，像自己的捉老鼠一样。这些教完了，老虎想，本领都学到了，谁也比不过它了，只有老师的猫还比自己强，要是杀掉猫，自己便是最强的角色了。它打定主意，就上前去扑猫。猫是早知道它的来意的，一跳，便上了树，老虎却只能眼睁睁地在树下蹲着。它还没有将一切本领传授完，还没有教给它上树。”

这是侥幸的，我想，幸而老虎很性急，否则从桂树上就会爬下一

匹老虎来。然而究竟很怕人，我要进屋子里睡觉去了。夜色更加黯然，桂叶瑟瑟地作响，微风也吹动了，想来草席定已微凉，躺着也不至于烦得翻来覆去了。

几百年的老屋中的豆油灯的微光下，是老鼠跳梁的世界，飘忽地走着，吱吱地叫着，那态度往往比“名人名教授”还轩昂。猫是饲养着的，然而吃饭不管事。祖母她们虽然常恨鼠子们啮破了箱柜，偷吃了东西，我却以为这也算不得什么大罪，也和我不相干，况且这类坏事大概是大个子的老鼠做的，决不[2]能诬陷到我所爱的小鼠身上去。这类小鼠大抵在地上走动，只有拇指那么大，也不很畏惧人，我们那里叫它“隐鼠”，与专住在屋上的伟大者是两种。我的床前就帖[3]着两张花纸，一是“八戒招赘”，满纸长嘴大耳，我以为不甚雅观；别的一张“老鼠成亲”却可爱，自新郎新妇以至傧相、宾客、执事，没有一个不是尖腮细腿，像煞读书人的，但穿的都是红衫绿裤。我想，能举办这样大仪式的，一定只有我所喜欢的那些隐鼠。现在是粗俗了，在路上遇见人类的迎娶仪仗，也不过当作“性交”的广告看，不甚留心；但那时的想看“老鼠成亲”的仪式，却极其神往，即使像海昌蒋氏似的连拜三夜，怕

---

[2] 现代汉语规范用法中，此处应用“绝不”。表示完全不、全然不、绝对不。本书其余篇章如有类似用法的地方，同。——编者注

[3] 粘。同“贴”。

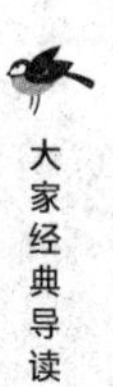

也未必会看得心烦。正月十四的夜，是我不肯轻易便睡，等候它们的仪仗从床下出来的夜。然而仍然只看见几个光着身子的隐鼠在地面游行，不像正在办着喜事。直到我熬不住了，怏怏睡去，一睁眼却已经天明，到了灯节了。也许鼠族的婚仪，不但不分请帖，来收罗贺礼，虽是真的"观礼"，也绝对不欢迎的罢，我想，这是它们向来的习惯，无法抗议的。

老鼠的大敌其实并不是猫。春后，你听到它"咋！咋咋咋咋！"地叫着，大家称为"老鼠数铜钱"的，便知道它的可怕的屠伯已经光降[4]了。这声音是表现绝望的惊恐的，虽然遇见猫，还不至于这样叫。猫自然也可怕，但老鼠只要窜进一个小洞去，它也就奈何不得，逃命的机会还很多。独有那可怕的屠伯——蛇，身体是细长的，圆径和鼠子差不多，凡鼠子能到的地方，它也能到，追逐的时间也格外长，而且万难幸免，当"数钱"的时候，大概是已经没有第二步办法的了。

有一回，我就听得一间空屋里有着这种"数钱"的声音，推门进去，一条蛇伏在横梁上，看地上，躺着一匹隐鼠，口角流血，但两胁还是一起一落的。取来给躺在一个纸盒子里，大半天，竟醒过来了，渐渐地能够饮食、行走。到第二日，似乎就复了原，但是不逃走。放在地上，也时时跑到人面前来，而且缘腿而上，一直爬到膝髁。给放在饭桌上，便捡吃些菜渣，

[4]意为"光临"。

舐舐碗沿；放在我的书桌上，则从容地游行，看见砚台便舐吃了研着的墨汁。这使我非常惊喜了。我听父亲说过的，中国有一种墨猴，只有拇指一般大，全身的毛是漆黑而且发亮的。它睡在笔筒里，一听到磨墨，便跳出来，等着，等到人写完字，套上笔，就舐尽了砚上的余墨，仍旧跳进笔筒里去了。我就极愿意有这样的一个墨猴，可是得不到；问那[5]里有，那里买的呢，谁也不知道。"慰情聊胜无"[6]，这隐鼠总可以算是我的墨猴了罢，虽然它舐吃墨汁，并不一定肯等到我写完字。

现在已经记不分明，这样地大约有一两月。有一天，我忽然感到寂寞了，真所谓"若有所失"。我的隐鼠，是常在眼前游行的，或桌上，或地上。而这一日却大半天没有见，大家吃午饭了，也不见它走出来，平时，是一定出现的。我再等着，再等它一半天，然而仍然没有见。

长妈妈，一个一向带领着我的女工，也许是以为我等得太苦了罢，轻轻地来告诉我一句话。这即刻使我愤怒而且悲哀，决心和猫们为敌。她说：隐鼠是昨天晚上被猫吃去了！

当我失掉了所爱的，心中有着空虚时，我要充填以报仇的恶念！

---

[5] 那，此处读作[nǎ]，旧时同"哪"，疑问代词。本书其余篇章有类似用法的地方，同。——编者注

[6] 出自晋代陶渊明的《和刘柴桑》："弱女虽非男，慰情良胜无。"

我的报仇，就从家里饲养着的一匹花猫起手，逐渐推广，至于凡所遇见的诸猫。最先不过是追赶，袭击；后来却愈加巧妙了，能飞石击中它们的头，或诱入空屋里面，打得它垂头丧气。这作战继续得颇长久，此后似乎猫都不来近我了。但对于它们纵使怎样战胜，大约也算不得一个英雄；况且中国毕生和猫打仗的人也未必多，所以一切韬略、战绩，还是全都省略了罢。

但许多天之后，也许是已经经过了大半年，我竟偶然得到一个意外的消息：那隐鼠其实并非被猫所害，倒是它缘着长妈妈的腿要爬上去，被她一脚踏死了。

这确是先前所没有料想到的。现在我已经记不清当时是怎样一个感想，但和猫的感情却终于没有融和；到了北京，还因为它伤害了兔的儿女们，便旧隙夹新嫌，使出更辣的辣手。“仇猫”的话柄，也从此传扬开来。然而在现在，这些早已是过去的事了，我已经改变态度，对猫颇为客气，倘其万不得已，则赶走而已，决不打伤它们，更何况杀害。这是我近几年的进步。经验既多，一旦大悟，知道猫的偷鱼肉，拖小鸡，深夜大叫，人们自然十之九是憎恶的，而这憎恶是在猫身上。假如我出而为人们驱除这憎恶，打伤或杀害了它，它便立刻变为可怜，那憎恶倒移在我身上了。所以，目下的办法，是凡遇猫们捣乱，至于有人讨厌时，我便站出去，在门口大声叱曰：“嘘！滚！”小小平静，即回书房，这样，就长保着御侮保家的资格。其实这方法，中国的官兵就常在实做的，他们总不肯扫清土匪或扑灭敌人，因为这么一来，就要不被重视，甚至于因失其用处而被裁汰。我想，如果能将这方法推广应用，我大概也总可望成为所谓“指导青年”的“前辈”的罢，但现下也还未决心实践，正在研究而且推敲。

一九二六年二月二十一日

读与思

很多人喜欢养宠物，而且宠物的范围也越来越大，除了猫、狗等常规的动物外，还有乌龟、仓鼠、小香猪，甚至还有蛇、蜥蜴、蜘蛛等“危险”的动物。有人说这样其实已经失去了宠物陪伴的意义，变成了一种猎奇。你是怎样看待这个问题的？不妨和朋友讨论一下。

阿长与《山海经》

假如，让你来写你的同桌、同学或者是邻居家的爷爷，你会如何展开呢？鲁迅先生的这篇文章就是这样一篇以人为主的叙事性散文。在鲁迅的笔下，“阿长”是一个大大咧咧、普通又平凡的农妇形象，她不够细致、叽叽喳喳却又有着淳朴善良的一面。鲁迅先生把对这样浑身缺点，不完美的“阿长”又爱又恨的复杂情感表达得淋漓尽致。写人的散文终究是回到了情感表达的本身。这篇文章行文恳切，用情真挚，让读者身临其境，代入感极好，展现了作者在人物刻画方面的创作功力。

长妈妈，已经说过，是一个一向带领着我的女工，说得阔气一点，就是我的保姆。我的母亲和许多别的人都这样称呼她，似乎略带些客气的意思。只有祖母叫她阿长。我平时叫她“阿妈”，连“长”字也不带；但到憎恶她的时候，——例如知道了谋死我那隐鼠的却是她的时候，就叫她阿长。

我们那里没有姓长的；她生得黄胖而矮，“长”也不是形容词；又不是她的名字，记得她自己说过，她的名字是叫作什么姑娘的。什么姑娘，我现在已经忘却了，总之不是长姑娘，也终于不知道她姓什么。记得她也曾告诉过我这个名称的来历：先前的先前，我家有一个女工，身材生得很高大，这就是真阿长。后来她回去了，我那什么姑娘才来补她的缺，然而大家因为叫惯了，没有再改口，于是她从此也就成为长妈妈了。

虽然背地里说人长短不是好事情，但倘使要我说句真心话，我可只得说：我实在不大佩服她。最讨厌的是常喜欢切切察察，向人们低声絮说些什么事，还竖起第二个手指，在空中上下摇动，或者点着对手或自己的鼻尖。我的家里一有些小风波，不知怎的我总疑心和这“切切察察”有些关系。又不许我走动，拔一株草，翻一块石头，就说我顽皮，要告诉我的母亲去了。一到夏天，睡觉时她又伸开两脚两手，在床中间摆成一个“大”字，挤得我没有余地翻身，久睡在一角的席子上，又已经烤得那么热。推她呢，不动；叫她呢，也不闻。

“长妈妈生得那么胖，一定很怕热罢？晚上的睡相，怕不见得很好罢？……”

母亲听到我多回诉苦之后，曾经这样地问过她。我也知道这意思是要她多给我一些空席。她不开口。但到夜里，我热得醒来的时候，却仍然看见满床摆着一个“大”字，一条臂膊还搁在我的颈子上。我想，这实在是无法可想了。

但是她懂得许多规矩，这些规矩，也大概是我所不耐烦的。一年中最高兴的时节，自然要数除夕了。辞岁之后，从长辈得到压岁钱，红纸包着，放在枕边，只要过一宵，便可以随意使用。睡在枕上，看着红包，想到明天买来的小鼓、刀枪、泥人、糖菩萨……。然而她进来，又将一个福橘放在床头了。

"哥儿，你牢牢记住！"她极其郑重地说，"明天是正月初一，清早一睁开眼睛，第一句话就得对我说：'阿妈，恭喜恭喜！'记得么？你要记着，这是一年的运气的事情。不许说别的话！说过之后，还得吃一点福橘。"她又拿起那橘子来在我的眼前摇了两摇，"那么，一年到头，顺顺利利……"

梦里也记得元旦[1]的，第二天醒得特别早，一醒，就要坐起来。她却立刻伸出臂膊，一把将我按住。我惊异地看她时，只见她惶急地看着我。

她又有所要求似的，摇着我的肩。我忽而记得了——

"阿妈，恭喜……"

"恭喜恭喜！大家恭喜！真聪明！恭喜恭喜！"她于是十分欢喜似的，笑将起来，同时将一点冰冷的东西，塞在我的嘴里。我大吃一惊之后，也就忽而记得，这就是所谓福橘，元旦

[1] 旧时称正月初一为元旦。

辟头[2]的磨难，总算已经受完，可以下床玩耍去了。

她教给我的道理还很多，例如说人死了，不该说死掉，必须说“老掉了”；死了人，生了孩子的屋子里，不应该走进去；饭粒落在地上，必须拣[3]起来，最好是吃下去；晒裤子用的竹竿底下，是万不可钻过去的……此外，现在大抵忘却了，只有元旦的古怪仪式记得最清楚。总之，都是些烦琐之至，至今想起来还觉得非常麻烦的事情。

然而我有一时也对她发生过空前的敬意。她常常对我讲“长毛”。她之所谓“长毛”者，不但洪秀全军，似乎连后来一切土匪强盗都在内，但除却革命党，因为那时还没有。她说得长毛非常可怕，他们的话就听不懂。她说先前长毛进城的时候，我家全都逃到海边去了，只留一个门房和年老的煮饭老妈子看家。后来长毛果然进门来了，那老妈子便叫他们“大王”——据说对长毛就应该这样叫——诉说自己的饥饿。长毛笑道：“那么，这东西就给你吃了罢！”将一个圆圆的东西掷了过来，还带着一条小辫子，正是那门房的头。煮饭老妈子从此就骇破了胆，后来一提起，还是立刻面如土色，自己轻轻地

[2] 即“开头”。

[3] 在表示“拾取”的时候，同“捡”。写法按原著。本书其余篇章如有这种用法的地方，同。——编者注

拍着胸脯道："阿呀[4]，骇死我了，骇死我了……"

我那时似乎倒并不怕，因为我觉得这些事和我毫不相干的，我不是一个门房。但她大概也即觉到了，说道："像你似的小孩子，长毛也要掳的，掳去做小长毛。还有好看的姑娘，也要掳。"

"那么，你是不要紧的。"我以为她一定最安全了，既不做门房，又不是小孩子，也生得不好看，况且颈子上还有许多炙疮疤。

"那里的话？！"她严肃地说，"我们就没有用么？我们也要被掳去。城外有兵来攻的时候，长毛就叫我们脱下裤子，一排一排地站在城墙上，外面的大炮就放不出来；再要放，就炸了！"

这实在是出于我意想之外的，不能不惊异。我一向只以为她满肚子是麻烦的礼节罢了，却不料她还有这样伟大的神力。从此对于她就有了特别的敬意，似乎实在深不可测；夜间的伸开手脚，占领全床，那当然是情有可原的了，倒应该我退让。

这种敬意，虽然也逐渐淡薄起来，但完全消失，大概是在知道她谋害了我的隐鼠之后。那时就极严重地诘问，而且当面叫她阿长。我想我又不真做小长毛，不去攻城，也不放炮，更不怕炮炸，我惧惮她什么呢！

---

[4] 用作叹词，表示惋惜、惊讶、不满、为难时，应写作"啊呀"。本书其余篇章如有类似用法的地方，同。——编者注

但当我哀悼隐鼠，给它复仇的时候，一面又在渴慕着绘图的《山海经》[5]了。这渴慕是从一个远房的叔祖惹起来的。他是一个胖胖的，和蔼的老人，爱种一点花木，如珠兰、茉莉之类，还有极其少见的，据说从北边带回去的马缨花。他的太太却正相反，什么也莫名其妙，曾将晒衣服的竹竿搁在珠兰的枝条上，枝折了，还要愤愤地咒骂道："死尸！"这老人是个寂寞者，因为无人可谈，就很爱和孩子们往来，有时简直称我们为"小友"。在我们聚族而居的宅子里，只有他书多，而且特别。制艺和试帖诗[6]，自然也是有的；但我却只在他的书斋里，看见过陆玑[7]的《毛诗草木鸟兽虫鱼疏》，还有许多名目很生的书籍。我那时最爱看的是《花镜》[8]，上面有许多图。他说给我听，曾经有过一部绘图的《山海经》，画着人面的兽，九头的蛇，三脚的鸟，生着翅膀的人，没有头而以两乳当作眼睛的怪物，……可惜现在不知道放在那里了。

---

[5]《山海经》是中国志怪古籍，大体是战国中后期到汉代初中期的楚国或巴蜀人所作。

[6]都是科举考试规定的公式化诗文。

[7]陆玑，三国吴学者。有《毛诗草木鸟兽虫鱼疏》二卷，专释《毛诗》所及动物、植物名称，对古今异名者，详为考证，是中国古代较早研究生物学的著作之一。

[8]清代杭州人陈淏子所著。《花镜》是我国较早的园艺学专著，阐述了花卉栽培及园林动物养殖的知识。

我很愿意看看这样的图画，但不好意思力逼他去寻找，他是很疏懒的。问别人呢，谁也不肯真实地回答我。压岁钱还有几百文，买罢，又没有好机会。有书买的大街离我家远得很，我一年中只能在正月间去玩一趟，那时候，两家书店都紧紧地关着门。

玩的时候倒是没有什么的，但一坐下，我就记得绘图的《山海经》。

大概是太过于念念不忘了，连阿长也来问《山海经》是怎么一回事。这是我向来没有和她说过的，我知道她并非学者，说了也无益，但既然来问，也就都对她说了。

过了十多天，或者一个月罢，我还很记得，是她告假回家以后的四五天，她穿着新的蓝布衫回来了，一见面，就将一包书递给我，高兴地说道：

“哥儿，有画儿的‘三哼经’，我给你买来了！”

我似乎遇着了一个霹雳，全体都震悚起来，赶紧去接过来，打开纸包，是四本小小的书，略略一翻，人面的兽，九头的蛇，……果然都在内。

这又使我发生新的敬意了，别人不肯做，或不能做的事，她却能够做成功。她确有伟大的神力。谋害隐鼠的怨恨，从此完全消灭了。

这四本书，乃是我最初得到，最为心爱的宝书。

书的模样，到现在还在眼前。可是从还在眼前的模样来说，却是一部刻印都十分粗拙的本子。纸张很黄；图像也很坏，甚至于几乎全用直线凑合，连动物的眼睛也都是长方形的。但那是我最为心爱的宝书，看起来，确是人面的兽；九头的蛇；一脚的牛；袋子似的帝江；没有头而“以乳为目，以脐为口”，还要“执干戚而舞”的刑天。

此后我就更其搜集绘图的书，于是有了石印的《尔雅音图》[9]和《毛诗品物图考》，又有了《点石斋丛画》[10]和《诗画舫》。《山海经》也另买了一部石印的，每卷都有图赞，绿色的画，字是红的，比那木刻的精致得多了。这一部直到前年还在，是缩印的郝懿行[11]疏。木刻的却已经记不清是什么时候失掉了。

---

[9]《尔雅》是古代儒生读经的工具书，至宋代被列入十三经。《尔雅音图》是宋人注明字音和加入插图的一种《尔雅》版本。

[10]《点石斋丛画》是一部汇集中国画家作品的画谱，其中也收有日本画家的作品。

[11]郝懿行（1757—1825），为清代著名学者、清经学家、训诂学家。所著有《尔雅义疏》《山海经笺疏》等书。

我的保姆，长妈妈即阿长，辞了这人世，大概也有了三十年了罢。我终于不知道她的姓名，她的经历；仅知道有一个过继的儿子，她大约是青年守寡的孤孀。

仁厚黑暗的地母呵[12]，愿在你怀里永安她的魂灵！

三月十日

读与思 

我们在成长的过程中，会遇见形形色色的人，这些人会在我们在生命里留下或深或浅的印象。有的人时隔多年再次回忆起来，感觉可能与当年有所不同，甚至是截然相反的；有的人可能让你印象深刻却又形象模糊。所以，想一想，在你的记忆中，有没有哪个人曾经留下过深刻的印象？与朋友讨论一下吧！

[12]呵，用于增强语气，或使疑问语气舒缓，或表示停顿、让人注意下面的话时，同“啊”。本书其余篇章如有类似用法的地方，同。——编者注

五猖会

《五猖会》是一篇描述父子关系的文章，其内核是“我”想要,而父亲“不准”的矛盾冲突。其中把“我”对迎神赛会的向往、期待和失望等多方面的情绪多角度展示：由于以往多次的没能成行，才导致这一次的期待落空；正在欢呼雀跃之时，随之而来的是父亲的断喝……文章通过这些环境气氛的渲染和铺陈对比的手法，激发出了人们对孩子的同情和对封建教育制度的憎恶。

孩子们所盼望的，过年过节之外，大概要数迎神赛会[1]的时候了。但我家的所在很偏僻，待到赛会的行列经过时，一定已在下午，仪仗之类，也减而又减，所剩的极其寥寥。往往伸着颈子等候多时，却只见十几个人抬着一个金脸或蓝脸红脸的

[1] 迎神赛会，是一种古老的汉族民俗及民间宗教文化活动。旧俗把神像抬出庙来游行，并举行祭会，以求消灾赐福。

神像匆匆地跑过去。于是，完了。

我常存着这样的一个希望：这一次所见的赛会，比前一次繁盛些。可是结果总是一个“差不多”；也总是只留下一个纪念品，就是当神像还未抬过之前，化[2]一文钱买下的，用一点烂泥，一点颜色纸，一枝竹签和两三枝鸡毛所做的，吹起来会发出一种刺耳的声音的哨子，叫作“吹都都”的，吡吡地吹它两三天。

---

[2] 同“花”。

现在看看《陶庵梦忆》[3]，觉得那时的赛会，真是豪奢极了，虽然明人的文章，怕难免有些夸大。因为祷雨而迎龙王，现在也还有的，但办法却已经很简单，不过是十多人盘旋着一条龙，以及村童们扮些海鬼。那时却还要扮故事，而且实在奇拔得可观。他记扮《水浒传》中人物云："……于是分头四出，寻黑矮汉，寻梢长大汉，寻头陀，寻胖大和尚，寻茁壮妇人，寻姣长妇人，寻青面，寻歪头，寻赤发，寻美髯，寻黑大汉，寻赤脸长须。大索城中，无则之郭、之村、之山僻、之邻府州县。用重价聘之，得三十六人，梁山泊好汉，个个呵活，臻臻至至，人马称娖[4]而行……"这样的白描的活古人，谁能不动一看的雅兴呢？可惜这种盛举，早已和明社[5]一同消灭了。

赛会虽然不像现在上海的旗袍，北京的谈国事[6]，为当局所禁止，然而妇孺们是不许看的，读书人即所谓士子，也大抵不肯赶去看。只有游手好闲的闲人，这才跑到庙前或衙门前去看热闹。我关于赛会的知识，多半是从他们的叙述上得来的，并非考据家所贵重的"眼学"。然而记得有一回，也亲见过较

[3]《陶庵梦忆》，明代散文集。为明朝散文家张岱所著。

[4]称娖是指行列齐整貌。

[5]指明朝。

[6]当时北京的军阀为了束缚人民的思想，压制人民的反抗，禁止谈论国事。

盛的赛会。开首是一个孩子骑马先来，称为“塘报”[7]；过了许久，“高照”[8]到了，长竹竿揭起一条很长的旗，一个汗流浃背的胖大汉用两手托着，他高兴的时候，就肯将竿头放在头顶或牙齿上，甚而至于鼻尖；其次是所谓“高跷”“抬阁”“马头”了；还有扮犯人的，红衣枷锁，内中也有孩子。我那时觉得这些都是有光荣的事业，与闻其事的即全是大有运气的人——大概羡慕他们的出风头罢。我想，我为什么不生一场重病，使我的母亲也好到庙里去许下一个“扮犯人”的心愿的呢？……然而我到现在终于没有和赛会发生关系过。

要到东关看五猖会去了。这是我儿时所罕逢的一件盛事，因为那会是全县中最盛的会，东关又是离我家很远的地方，出城还有六十多里水路，在那里有两座特别的庙。一是梅姑庙，就是《聊斋志异》所记，室女守节，死后成神，却篡取别人的丈夫的；现在神座上确塑着一对少年男女，眉开眼笑，殊与“礼教”有妨。其一便是五猖庙了，名目就奇特。据有考据癖的人说：这就是五通神[9]。然而也并无确据。神像是五个男人，也不见有什么猖獗之状；后面列坐着五位太太，却并不

---

[7] 即“驿报”。

[8] 高挂在长竹竿上的通告。

[9] 是汉族民间传说中横行乡野、淫人妻女的妖鬼，因专事奸恶，又称五猖神。

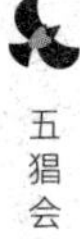

"分坐"，远不及北京戏园里界限之谨严。其实呢，这也是殊与"礼教"有妨的，但他们既然是五猖，便也无法可想，而且自然也就"又作别论"了。

因为东关离城远，大清早大家就起来。昨夜预定好的三道明瓦窗的大船，已经泊在河埠头，船椅、饭菜、茶炊、点心盒子，都在陆续搬下去了。我笑着跳着，催他们要搬得快。忽然，工人的脸色很谨肃了，我知道有些蹊跷，四面一看，父亲就站在我背后。

"去拿你的书来。"他慢慢地说。

这所谓"书"，是指我开蒙时候所读的《鉴略》[10]，因为我再没有第二本了。我们那里上学的岁数是多拣单数的，所以这使我记住我其时是七岁。

我忐忑着，拿了书来了。他使我同坐在堂中央的桌子前，教我一句一句地读下去。我担着心，一句一句地读下去。

两句一行，大约读了二三十行罢，他说：

"给我读熟。背不出，就不准去看会。"

他说完，便站起来，走进房里去了。

我似乎从头上浇了一盆冷水。但是，有什么法子呢？自然是读着，读着，强记着，而且要背出来。

---

[10]《鉴略》，又称《五字鉴》，明代李廷机根据我国古史资料所撰。是一部几百年来流传较广的蒙学读物。

粤自盘古，生于太荒，

首出御世，肇开混茫。

就是这样的书，我现在只记得前四句，别的都忘却了；那时所强记的二三十行，自然也一齐忘却在里面了。记得那时听人说，读《鉴略》比读《千字文》《百家姓》有用得多，因为可以知道从古到今的大概。知道从古到今的大概，那当然是很好的，然而我一字也不懂。“粤自盘古”就是“粤自盘古”，读下去，记住它，“粤自盘古”呵！“生于太荒”呵！……

应用的物件已经搬完，家中由忙乱转成静肃了。朝阳照着西墙，天气很清朗。母亲，工人，长妈妈即阿长，都无法营救，只默默地静候着我读熟，而且背出来。在百静中，我似乎头里要伸出许多铁钳，将什么“生于太荒”之流夹住；也听到自己急急诵读的声音发着抖，仿佛深秋的蟋蟀，在夜中鸣叫似的。

他们都等候着，太阳也升得更高了。

我忽然似乎已经很有把握，便即站了起来，拿书走进父亲的书房，一气背将下去，梦似的就背完了。

“不错。去罢。”父亲点着头，说。

大家同时活动起来，脸上都露出笑容，向河埠走去。工人将我高高地抱起，仿佛在祝贺我的成功一般，快步走在最前头。

我却并没有他们那么高兴。开船以后，水路中的风景，盒子里的点心，以及到了东关的五猖会的热闹，对于我似乎都没有什么大意思。

直到现在，别的完全忘却，不留一点痕迹了，只有背诵《鉴略》这一段，却还分明如昨日事。

我至今一想起，还诧异我的父亲何以要在那时候叫我来背书。

五月二十五日

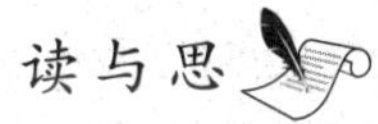

自古以来，家长在家庭中有着至高无上的权威，子女只有服从的份儿。不过随着社会的进步，越来越多的家长开始放下“架子”，倾听和尊重子女的想法，与他们像朋友一样相处。你更喜欢哪种家长呢？说说你的理由吧。

从百草园到三味书屋

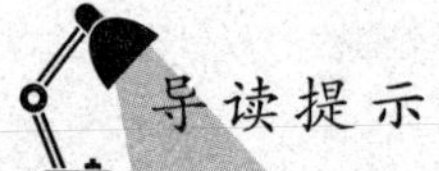

《从百草园到三味书屋》是鲁迅先生回忆自己童年校园生活的散文。文章展示了奇趣无穷的儿童乐园、“美女蛇”的传说和冬天雪地捕鸟的故事，描绘出了充满乐趣的百草园，和沉闷无趣的三味书屋。但是这些回忆在文章里都变得积极有趣了起来，比如有学生在课间溜到后院玩耍，有学生在老私塾先生入神读书时乘机偷乐的“趣事”。将儿童的顽劣、压抑不住好奇心的特性展现得淋漓尽致。

我家的后面有一个很大的园，相传叫作百草园。现在是早已并屋子一起卖给朱文公的子孙了，连那最末次的相见也已经隔了七八年，其中似乎确凿只有一些野草，但那时却是我的乐园。

不必说碧绿的菜畦，光滑的石井栏，高大的皂荚树，紫红的桑椹；也不必说鸣蝉在树叶里长吟，肥胖的黄蜂伏在菜花上，轻捷的叫天子（云雀）忽然从草间直窜向云霄里去了。单是周围的短短的泥墙根一带，就有无限趣味。油蛉在这里低唱，蟋蟀们在这里弹琴。翻开断砖来，有时会遇见蜈蚣；还有斑蝥，倘若用手指按住它的脊梁，便会啪的一声，从后窍喷出一阵烟雾。何首乌藤和木莲藤缠络着，木莲有莲房一般的果实，何首乌有臃肿的根。有人说，何首乌根是有像人形的，吃了便可以成仙，我于是常常拔它起来，牵连不断地拔起来，也曾因此弄坏了泥墙，却从来没有见过有一块根像人样。如果不怕刺，还可以摘到覆盆子，像小珊瑚珠攒成的小球，又酸又甜，色味都比桑椹[1]要好得远。

长的草里是不去的，因为相传这园里有一条很大的赤练蛇。

长妈妈曾经讲给我一个故事听：先前，有一个读书人住在古庙里用功，晚间，在院子里纳凉的时候，突然听到有人在叫他。答应着，四面看时，却见一个美女的脸露在墙头上，向他一笑，隐去了。他很高兴，但竟给那走来夜谈的老和尚识破了机关。说他脸上有些妖气，一定遇见"美女蛇"了，这是人首蛇身的怪物，能唤人名，倘一答应，夜间便要来吃这人的肉的。他自然吓得要死，而那老和尚却道无妨，给他一个小盒子，说只要放在枕边，便可高枕而卧。他虽然照样办，却总是睡不着——当然睡不着的。到半夜，果然来了，沙沙沙！门外

---

[1] 同"葚"。

像是风雨声。他正抖作一团时，却听得豁的一声，一道金光从枕边飞出，外面便什么声音也没有了，那金光也就飞回来，敛在盒子里。后来呢？后来，老和尚说，这是飞蜈蚣，它能吸蛇的脑髓，美女蛇就被它治死了。

结末的教训是：所以倘有陌生的声音叫你的名字，你万不可答应他。

这故事很使我觉得做人之险，夏夜乘凉，往往有些担心，不敢去看墙上，而且极想得到一盒老和尚那样的飞蜈蚣。走到百草园的草丛旁边时，也常常这样想。但直到现在，总还是没有得到，但也没有遇见过赤练蛇和美女蛇。叫我名字的陌生声音自然是常有的，然而都不是美女蛇。

冬天的百草园比较的无味；雪一下，可就两样了。拍雪人（将自己的全形印在雪上）和塑雪罗汉需要人们鉴赏，这是荒园，人迹罕至，所以不相宜，只好来捕鸟。薄薄的雪，是不行的；总须积雪盖了地面一两天，鸟雀们久已无处觅食的时候才好。扫开一块雪，露出地面，用一枝短棒支起一面大的竹筛来，下面撒些秕谷，棒上系一条长绳，人远远地牵着，看鸟雀下来啄食，走到竹筛底下的时候，将绳子一拉，便罩住了。但所得的是麻雀居多，也有白颊的“张飞鸟”，性子很躁，养不过夜的。

这是闰土的父亲所传授的方法，我却不大能用。明明见它们进去了，拉了绳，跑去一看，却什么都没有，费了半天力，捉住的不过三四只。闰土的父亲是小半天便能捕获几十只，装在叉袋[2]里叫着撞着的。我曾经问他得失的缘由，他只静静地笑道：“你太性急，来不及等它走到中间去。”

我不知道为什么家里的人要将我送进书塾里去了，而且还是全城中称为最严厉的书塾。也许是因为拔何首乌毁了泥墙罢，也许是因为将砖头抛到间壁的梁家去了罢，也许是因为站在石井栏上跳下来罢，……都无从知道。总而言之：我将不能常到百草园了。Ade[3]，我的蟋蟀们！ Ade，我的覆盆子们和木

[2] 叉袋，袋口成叉角的麻袋或布袋。

[3] 德语，意为“再见”。——编者注

莲们！……

出门向东，不上半里，走过一道石桥，便是我的先生的家了。从一扇黑油的竹门进去，第三间是书房。中间挂着一块匾道：三味书屋。匾下面是一幅画，画着一只很肥大的梅花鹿伏在古树下。没有孔子牌位，我们便对着那扁和鹿行礼。第一次算是拜孔子，第二次算是拜先生。

第二次行礼时，先生便和蔼地在一旁答礼。他是一个高而瘦的老人，须发都花白了，还戴着大眼镜。我对他很恭敬，因为我早听到，他是本城中极方正，质朴，博学的人。

不知从那里听来的，东方朔[4]也很渊博，他认识一种虫，名曰“怪哉”，冤气所化，用酒一浇，就消释了。我很想详细地知道这故事，但阿长是不知道的，因为她毕竟不渊博。现在得到机会了，可以问先生。

“先生，‘怪哉’这虫，是怎么一回事？……”我上了生书[5]，将要退下来的时候，赶忙问。

“不知道！”他似乎很不高兴，脸上还有怒色了。

我才知道做学生是不应该问这些事的，只要读书，因为他是渊博的宿儒，决不至于不知道，所谓不知道者，乃是不愿意

---

[4] 东方朔（生卒年不详），本姓张，字曼倩，西汉平原郡厌次县（今山东省德州市陵县）人。西汉时期著名的文学家。

[5] 即“新课”。

说。年纪比我大的人，往往如此，我遇见过好几回了。

我就只读书，正午习字，晚上对课[6]。先生最初这几天对我很严厉，后来却好起来了，不过给我读的书渐渐加多，对课也渐渐地加上字去，从三言到五言，终于到七言。

三味书屋后面也有一个园，虽然小，但在那里也可以爬上花坛去折蜡梅花，在地上或桂花树上寻蝉蜕。最好的工作是捉了苍蝇喂蚂蚁，静悄悄地没有声音。然而同窗们到园里的太多，太久，可就不行了，先生在书房里便大叫起来：

“人都到那里去了？！”

人们便一个一个陆续走回去，一同回去，也不行的。他有一条戒尺，但是不常用；也有罚跪的规矩，但也不常用。普通总不过瞪几眼，大声道：

“读书！”

于是大家放开喉咙读一阵书，真是人声鼎沸。有念“仁远乎哉我欲仁斯仁至矣”的，有念“笑人齿缺曰狗窦大开”的，有念“上九潜龙勿用”的，有念“厥土下上上错厥贡苞茅橘柚”的……先生自己也念书。后来，我们的声音便低下去、静下去了，只有他还大声朗读着：

“铁如意，指挥倜傥，一座皆惊呢——；金叵罗，颠倒淋漓噫，千杯未醉嗬……”

---

[6] 旧时私塾中的一种功课，即对对子。

我疑心这是极好的文章，因为读到这里，他总是微笑起来，而且将头仰起，摇着，向后面拗过去，拗过去。

先生读书入神的时候，于我们是很相宜的。有几个便用纸糊的盔甲套在指甲上做戏。我是画画儿，用一种叫作“荆川纸”的，蒙在小说的绣像[7]上一个个描下来，像习字时候的影写一样。读的书多起来，画的画也多起来；书没有读成，画的成绩却不少了。最成片段的是《荡寇志》和《西游记》的绣像，都有一大本。后来，因为要钱用，卖给一个有钱的同窗了。他的父亲是开锡箔店的；听说现在自己已经做了店主，而且快要升到绅士的地位了。这东西早已没有了罢。

九月十八日

读与思

贪玩是孩子的天性。在人类的童年时期，玩耍是获得知识和发展社交能力的重要方式。可现在很多孩子却被剥夺了玩耍的权利，取而代之的是各种“特长班”和“补习班”。放任孩子的天性任其玩耍和让孩子接受各种“培训”，你更喜欢哪种方式呢？说说你的理由吧。

[7] 明清以来，若干通俗小说前面，附有书中人物的图像。

父亲的病

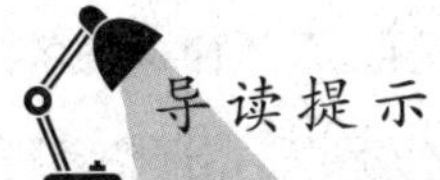

文章以“父亲的病”为线索，回忆为父亲请医生治病的经历，描述了几位“名医”的治病的态度、作风、治疗方式等种种表现，通过家庭的变故表达了对庸医误人的深切的痛恨，也表现了作者对父亲的不舍与愧疚。

文章叙述自然流畅，融入了大量的描写、抒情和议论，读来亲切感人，令人感同身受。

大约十多年前罢，S城中曾经盛传过一个名医的故事：

他出诊原来是一元四角，特拔[1]十元，深夜加倍，出城又加倍。有一夜，一家城外人家的闺女生急病，来请他了，因为他其时已经阔得不耐烦，便非一百元不去。他们只得都依他。待去时，却只是草草地一看，说道“不要紧的”，开一张方，

[1] 旧时指医生的特别出诊。

拿了一百元就走。那病家似乎很有钱，第二天又来请了。他一到门，只见主人笑面承迎，道："昨晚服了先生的药，好得多了，所以再请你来复诊一回。"仍旧引到房里，老妈子便将病人的手拉出帐外来。他一按，冷冰冰的，也没有脉，于是点点头道："唔，这病我明白了。"从从容容走到桌前，取了药方纸，提笔写道：

"凭票付英洋[2]壹百元正。"下面是署名，画押。

"先生，这病看来很不轻了，用药怕还得重一点罢。"主人在背后说。

"可以。"他说。于是另开了一张方：

"凭票付英洋贰百元正。"下面仍是署名，画押。

这样，主人就收了药方，很客气地送他出来了。

我曾经和这名医周旋过两整年，因为他隔日一回，来诊我的父亲的病。那时虽然已经很有名，但还不至于阔得这样不耐烦，可是诊金却已经是一元四角。现在的都市上，诊金一次十元并不算奇，可是那时是一元四角已是巨款，很不容易张罗的了，又何况是隔日一次。他大概的确有些特别，据舆论说，用药就与众不同。我不知道药品，所觉得的，就是"药引"的难得，新方一换，就得忙一大场。先买药，再寻药引。"生姜"

---

[2] 英洋，即鹰洋。旧时来自墨西哥的一种银圆。"鸦片战争"后曾大量流入我国。

两片，竹叶十片去尖，他是不用的了。起码是芦根，须到河边去掘；一到经霜三年的甘蔗，便至少也得搜寻两三天。可是说也奇怪，大约后来总没有购求不到的。

据舆论说，神妙就在这地方。先前有一个病人，百药无效，待到遇见了什么叶天士先生，只在旧方上加了一味药引“梧桐叶”。只一服，便霍然而愈了。“医者，意也。”其时是秋天，而梧桐先知秋气。其先百药不投，今以秋气动之，以气感气，所以……我虽然并不了然，但也十分佩服，知道凡有灵药，一定是很不容易得到的，求仙的人，甚至于还要拼了性命，跑进深山里去采呢。

这样有两年，渐渐地熟识，几乎是朋友了。父亲的水肿是逐日厉害，将要不能起床；我对于经霜三年的甘蔗之流也逐渐失了信仰，采办药引似乎再没有先前一般踊跃了。正在这时候，他有一天来诊，问过病状，便极其诚恳地说：

“我所有的学问，都用尽了。这里还有一位陈莲河先生，本领比我高。我荐他来看一看，我可以写一封信。可是，病是不要紧的，不过经他的手，可以格外好得快……”

这一天似乎大家都有些不欢，仍然由我恭敬地送他上轿。进来时，看见父亲的脸色很异样，和大家谈论，大意是说自己的病大概没有希望的了；他因为看了两年，毫无效验，脸又太熟了，未免有些难以为情，所以等到危急时候，便荐一个生手自代，和自己完全脱了干系。但另外有什么法子呢？本城的名医，除他之外，实在也只有一个陈莲河了。明天就请陈莲河。

陈莲河的诊金也是一元四角。但前回的名医的脸是圆而胖的，他却长而胖了：这一点颇不同。还有用药也不同，前回的名医是一个人还可以办的，这一回却是一个人有些办不妥帖了，因为他一张药方上，总兼有一种特别的丸散和一种奇特的药引。

芦根和经霜三年的甘蔗，他就从来没有用过。最平常的是"蟋蟀一对"，旁注小字道："要原配，即本在一窠中者。"似乎昆虫也要贞节，续弦或再醮，连做药资格也丧失了。但这差使在我并不为难，走进百草园，十对也容易得，将它们用线一缚，活活地掷入沸汤中完事。然而还有"平地木十株"呢，这可谁也不知道是什么东西了，问药店，问乡下人，问卖草药的，问老年人，问读书人，问木匠，都只是摇摇头，临末才记起了那远房的叔祖，爱种一点花木的老人，跑去一问，他果然知道，是生在山中树下的一种小树，能结红子如小珊瑚珠的，普通都称为"老弗大"。

"踏破铁鞋无觅处，得来全不费工夫。"药引寻到了，然而还有一种特别的丸药：败鼓皮丸。这"败鼓皮丸"就是用打破的旧鼓皮做成，水肿一名鼓胀，一用打破的鼓皮自然就可以克

伏他。清朝的刚毅因为憎恨“洋鬼子”，预备打他们，练了些兵称作“虎神营”，取虎能食羊，神能伏鬼的意思，也就是这道理。可惜这一种神药，全城中只有一家出售的，离我家就有五里，但这却不像平地木那样，必须暗中摸索了，陈莲河先生开方之后，就恳切详细地给我们说明。

“我有一种丹，”有一回陈莲河先生说，“点在舌上，我想一定可以见效。因为舌乃心之灵苗……价钱也并不贵，只要两块钱一盒……”

我父亲沉思了一会，摇摇头。

“我这样用药还会不大见效，”有一回陈莲河先生又说，“我想，可以请人看一看，可有什么冤愆❸……医能医病，不能医命，对不对？自然，这也许是前世的事……”

我的父亲沉思了一会，摇摇头。

凡国手，都能够起死回生的，我们走过医生的门前，常可以看见这样的匾额。现在是让步一点了，连医生自己也说道：“西医长于外科，中医长于内科。”但是S城那时不但没有西医，并且谁也还没有想到天下有所谓西医，因此无论什么，都只能由轩辕岐伯❹的嫡派门徒包办。轩辕时候是巫医不分的，所以直到现在，他的门徒就还见鬼，而且觉得“舌乃心之灵苗”。这就是中国人的“命”，连名医也无从医治的。

---

❸迷信说法，冤鬼作祟，要求偿债索命之类。

❹黄帝轩辕氏与其臣岐伯。他们被视作中国医药的始祖。

不肯用灵丹点在舌头上，又想不出“冤愆”来，自然，单吃了一百多天的“败鼓皮丸”有什么用呢？依然打不破水肿，父亲终于躺在床上喘气了。还请一回陈莲河先生，这回是特拔，大洋十元。他仍旧泰然地开了一张方，但已停止败鼓皮丸不用，药引也不很神妙了，所以只消半天，药就煎好，灌下去，却从口角上回了出来。

从此我便不再和陈莲河先生周旋，只在街上有时看见他坐在三名轿夫的快轿里飞一般抬过。听说他现在还康健，一面行医，一面还做中医什么学报，正在和只长于外科的西医奋斗哩。

中西的思想确乎有一点不同。听说中国的孝子们，一到将要“罪孽深重祸延父母”的时候，就买几斤人参，煎汤灌下去，希望父母多喘几天气，即使半天也好。我的一位教医学的先生却教给我医生的职务道：可医的应该给他医治，不可医的应该给他死得没有痛苦——但这先生自然是西医。

父亲的喘气颇长久，连我也听得很吃力，然而谁也不能帮助他。我有时竟至于电光一闪似的想道：“还是快一点喘完了罢……”立刻觉得这思想就不该，就是犯了罪；但同时又觉得这思想实在是正当的，我很爱我的父亲。便是现在，也还是这样想。

早晨，住在一门里的衍太太进来了。她是一个精通礼节的妇人，说我们不应该空等着。于是给他换衣服，又将纸锭和一种什么《高王经》烧成灰，用纸包了给他捏在拳头里……

“叫呀，你父亲要断气了。快叫呀！”衍太太说。

"父亲！父亲！"我就叫起来。

"大声！他听不见。还不快叫？！"

"父亲！！！父亲！！！"

他已经平静下去的脸，忽然紧张了，将眼微微一睁，仿佛有一些苦痛。

"叫呀！快叫呀！"她催促说。

"父亲！！！"

"什么呢？……不要嚷……不……"他低低地说，又较急地喘着气，好一会，这才复了原状，平静下去了。

"父亲！！！"我还叫他，一直到他咽了气。

我现在还听到那时的自己的这声音，每听到时，就觉得这却是我对于父亲的最大的错处。

十月七日

读与思

亲人的离去，总会给人心里留下永远的伤痛。但是话说回来，生老病死是自然规律，不能为人所控。所以面对亲人的离去，我们可以带着悲痛把他们记在心底，同时也要让自己用更坚强、乐观的态度面对未来。如果身边的朋友遇到这样的状况，你可以给他带来安慰和温暖吗？

琐记

《琐记》最早是《朝花夕拾》书中的一篇，记录了鲁迅先生辗转求学的学习经历，地域跨度从辗转国内再到去日本求学。文中记录的事情时空跳跃性比较大，开始写的是童年在故乡绍兴的事，后来写了在南京读书的事情，最后还点到初到日本的情景。文章从作者切身感受出发，情感真挚、生动感人，字里行间迸发着先贤强烈的救国济世的爱国情怀和能量强大的生命力。

衍太太现在是早已经做了祖母，也许竟做了曾祖母了；那时却还年轻，只有一个儿子比我大三四岁。她对自己的儿子虽然狠，对别家的孩子却好的，无论闹出什么乱子来，也决不去告诉各人的父母，因此我们就最愿意在她家里或她家的四近玩。

举一个例说罢，冬天，水缸里结了薄冰的时候，我们大清早起一看见，便吃冰。有一回给沈四太太看到了，大声说道：

“莫吃呀，要肚子疼的呢！”这声音又给我母亲听到了，跑出来我们都挨了一顿骂，并且有大半天不准玩。我们推论祸首，认定是沈四太太，于是提起她就不用尊称了，给她另外起了一个绰号，叫作“肚子疼”。

衍太太却决不如此。假如她看见我们吃冰，一定和蔼地笑着说：“好，再吃一块。我记着，看谁吃的多。”

但我对于她也有不满足的地方。一回是很早的时候了，我还很小，偶然走进她家去，她正在和她的男人看书。我走近去，她便将书塞在我的眼前道：“你看，你知道这是什么？”我看那书上画着房屋，有两个人光着身子仿佛在打架，但又不很像。正迟疑间，他们便大笑起来了。这使我很不高兴，似乎受了一个极大的侮辱，不到那里去大约有十多天。一回是我已经十多岁了，和几个孩子比赛打旋子，看谁旋得多。她就从旁计着数，说道：“好，八十二个了！再旋一个，八十三！好，八十四……”但正在旋着的阿祥，忽然跌倒了，阿祥的婶母也恰恰走进来。她便接着说道：“你看，不是跌了么？不听我的话。我叫你不要旋，不要旋……”

虽然如此，孩子们总还喜欢到她那里去。假如头上碰得肿了一大块的时候，去寻母亲去罢，好的是骂一通，再给擦一点药；坏的是没有药擦，还添几个栗凿和一通骂。衍太太却决不埋怨，立刻给你用烧酒调了水粉，搽在疙瘩上，说这不但止痛，将来还没有瘢痕。

父亲故去之后，我也还常到她家里去，不过已不是和孩子们玩耍了，却是和衍太太或她的男人谈闲天。我其时觉得很有许多东西要买，看的和吃的，只是没有钱。有一天谈到这里，她便说道：“母亲的钱，你拿来用就是了，还不就是你的么？”我说母亲没有钱，她就说可以拿首饰去变卖；我说没有首饰，她却道：“也许你没有留心。到大厨的抽屉里，角角落落去寻去，总可以寻出一点珠子这类东西……”

这些话我听去似乎很异样，便又不到她那里去了，但有时又真想去打开大厨，细细地寻一寻。大约此后不到一月，就听到一种流言，说我已经偷了家里的东西去变卖了，这实在使我觉得有如掉在冷水里。流言的来源，我是明白的，倘是现在，只要有地方发表，我总要骂出流言家的狐狸尾巴来，但那时太年轻，一遇流言，便连自己也仿佛觉得真是犯了罪，怕遇见人们的眼睛，怕受到母亲的爱抚。

好。那么，走罢！

但是，那里去呢？S城人的脸早经看熟，如此而已，连心肝也似乎有些了然。总得寻别一类人们去，去寻为S城人所诟病的人们，无论其为畜生或魔鬼。那时为全城所笑骂的是一个开得不久的学校，叫作中西学堂，汉文之外，又教些洋文和算学。然而已经成为众矢之的了，熟读圣贤书的秀才们，还集了“四书”的句子，做一篇八股来嘲诮[1]它，这名文便即传遍了全城，人人当作有趣的话柄。我只记得那“起讲”的开头是：

> 徐子以告夷子曰：吾闻用夏变夷者，未闻变于夷者也。今也不然：鴃舌之音，闻其声，皆雅言也。……

---

[1] 即“嘲笑”。写法按原著。本书其余篇章如有这种写法的地方，同。——编者注

以后可忘却了，大概也和现今的国粹保存大家的议论差不多。但我对于这中西学堂，却也不满足，因为那里面只教汉文，算学，英文和法文。功课较为别致的，还有杭州的求是书院，然而学费贵。

无须学费的学校在南京，自然只好往南京去。第一个进去的学校，目下不知道称为什么了，光复❷以后，似乎有一时称为雷电学堂，很像《封神榜》上“太极阵”“混元阵”一类的名目。总之，一进仪凤门，便可以看见它那二十丈高的桅杆和不知多高的烟通。功课也简单，一星期中，几乎四整天是英文：“It is a cat.”“Is it a rat？”一整天是读汉文：“君子曰，颍考叔可谓纯孝也已矣，爱其母，施及庄公。”一整天是做汉文：《知己知彼百战百胜论》《颍考叔论》《云从龙风从虎论》《咬得菜根则百事可做论》。

初进去当然只能做三班生，卧室里是一桌一凳一床，床板只有两块。头二班学生就不同了，二桌二凳或三凳一床，床板多至三块。不但上讲堂时挟着一堆厚而且大的洋书，气昂昂地走着，决非只有一本“泼赖妈”❸和四本《左传》的三班生所敢正视；便是空着手，也一定将肘弯撑开，像一只螃蟹，低一班的在后面总不能走出他之前。这一种螃蟹式的名公巨卿，现

---

❷指一九一一年的“辛亥革命”。

❸英语Primer的音译，意为“初级读本”。——编者注

在都阔别得很久了，前四五年，竟在教育部的破脚躺椅上，发现了这姿势，然而这位老爷却并非雷电学堂出身的，可见螃蟹态度，在中国也颇普遍。

可爱的是桅杆。但并非如“东邻”的“支那通”[4]所说，因为它“挺然翘然”，又是什么的象征。乃是因为它高，乌鸦喜鹊，都只能停在它的半途的木盘上。人如果爬到顶，便可以近看狮子山，远眺莫愁湖——但究竟是否真可以眺得那么远，我现在可委实有点记不清楚了。而且不危险，下面张着网，即使跌下来，也不过如一条小鱼落在网子里；况且自从张网以后，听说也还没有人曾经跌下来。

原先还有一个池，给学生学游泳的，这里面却淹死了两个年幼的学生。当我进去时，早填平了，不但填平，上面还造了一所小小的关帝庙。庙旁是一座焚化字纸的砖炉，炉口上方横写着四个大字道：“敬惜字纸。”只可惜那两个淹死鬼失了池子，难讨替代，总在左近徘徊，虽然已有“伏魔大帝关圣帝君”镇压着。办学的人大概是好心肠的，所以每年七月十五，总请一群和尚到雨天操场来放焰口[5]，一个红鼻而胖的大和尚戴上毗卢帽，捏诀，念咒：“回资罗，普弥耶吽，唵耶吽！唵！耶！吽！！！”

---

[4] 中国通。“支那”是近代日本侵略者对中国的蔑称。

[5] 旧俗于农历七月十五日晚上请和尚诵经施食，称为“放焰口”。

我的前辈同学被关圣帝君镇压了一整年，就只在这时候得到一点好处——虽然我并不深知是怎样的好处。所以当这些时，我每每想：做学生总得自己小心些。

总觉得不大合适，可是无法形容出这不合适来。现在是发现了大致相近的字眼了，“乌烟瘴气”，庶几乎其可也。只得走开。近来是单是走开也就不容易，“正人君子”者流会说你骂人骂到了聘书，或者是发“名士”脾气，给你几句正经的俏皮话。不过那时还不打紧，学生所得的津贴，第一年不过二两银子，最初三个月的试习期内是零用五百文。于是毫无问题，去考矿路学堂去了，也许是矿路学堂，已经有些记不真，文凭又不在手头，更无从查考。试验并不难，录取的。

这回不是It is a cat了，是Der Mann，Die Weib，Das Kind。[6]汉文仍旧是“颖考叔可谓纯孝也已矣”，但外加《小学集注》。论文题目也小有不同，譬如《工欲善其事必先利其器论》，是先前没有做过的。

此外还有所谓格致，地学，金石学，……都非常新鲜。但是还得声明：后两项，就是现在之所谓地质学和矿物学，并非讲舆地[7]和钟鼎碑版的。只是画铁轨横断面图却有些麻烦，平行线尤其讨厌。但第二年的总办是一个新党，他坐在马车上的

---

[6] 德语课文，意为“男人，女人，孩子”。——编者注

[7] 舆地，即“地”，这里指地理学。

时候大抵看着《时务报》，考汉文也自己出题目，和教员出的很不同。有一次是《华盛顿论》，汉文教员反而惴惴地来问我们道："华盛顿是什么东西呀？……"

看新书的风气便流行起来，我也知道了中国有一部书叫《天演论》。星期日跑到城南去买了来，白纸石印的一厚本，价五百文正。翻开一看，是写得很好的字，开首便道：

> 赫胥黎独处一室之中，在英伦之南，背山而面野，槛外诸境，历历如在机下。乃悬想二千年前，当罗马大将恺撒未到时，此间有何景物？计惟有天造草昧……

哦！原来世界上竟还有一个赫胥黎坐在书房里那么想，而且想得那么新鲜？一口气读下去，"物竞""天择"也出来了，苏格拉第[8]，柏拉图也出来了，斯多噶也出来了。学堂里又设立了一个阅报处，《时务报》不待言，还有《译学汇编》，那书面上的张廉卿一流的四个字，就蓝得很可爱。

"你这孩子有点不对了，拿这篇文章去看去，抄下来去看去。"一位本家的老辈严肃地对我说，而且递过一张报纸来。接来看时，"臣许应骙跪奏……"，那文章现在是一句也不记得了，总之是参康有为变法的；也不记得可曾抄了没有。

---

[8] 即苏格拉底。

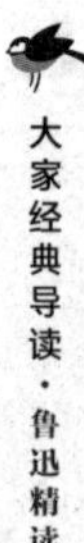

仍然自己不觉得有什么“不对”，一有闲空，就照例地吃侉饼，花生米，辣椒，看《天演论》。

但我们也曾经有过一个很不平安的时期。那是第二年，听说学校就要裁撤了。这也无怪，这学堂的设立，原是因为两江总督（大约是刘坤一罢）听到青龙山的煤矿出息好，所以开手的。待到开学时，煤矿那面却已将原先的技师辞退，换了一个不甚了然的人了。理由是：一、先前的技师薪水太贵；二、他们觉得开煤矿并不难。于是不到一年，就连煤在那里也不甚了然起来，终于是所得的煤，只能供烧那两架抽水机之用，就是抽了水掘煤，掘出煤来抽水，结一笔出入两清的账。既然开矿无利，矿路学堂自然也就无须乎开了，但是不知怎的，却又并不裁撤。到第三年我们下矿洞去看的时候，情形实在颇凄凉，抽水机当然还在转动，矿洞里积水却有半尺深，上面也点滴而下，几个矿工便在这里面鬼一般工作着。

毕业，自然大家都盼望的，但一到毕业，却又有些爽然若失。爬了几次桅，不消说不配做半个水兵；听了几年讲，下了几回矿洞，就能掘出金银铜铁锡来么？实在连自己也茫无把握，没有做《工欲善其事必先利其器论》的那么容易。爬上天空二十丈和钻下地面二十丈，结果还是一无所能，学问是“上穷碧落下黄泉，两处茫茫皆不见”了。所余的还只有一条路：到外国去。

留学的事，官僚也许可了，派定五名到日本去。其中的一

个因为祖母哭得死去活来，不去了，只剩了四个。日本是同中国很两样的，我们应该如何准备呢？有一个前辈同学在，比我们早一年毕业，曾经游历过日本，应该知道些情形。跑去请教之后，他郑重地说：

“日本的袜是万不能穿的，要多带些中国袜。我看纸票也不好，你们带去的钱不如都换了他们的现银。”

四个人都说遵命。别人不知其详，我是将钱都在上海换了日本的银元，还带了十双中国袜——白袜。

后来呢？后来，要穿制服和皮鞋，中国袜完全无用；一元的银圆日本早已废置不用了，又赔钱换了半元的银圆和纸票。

十月八日

读与思

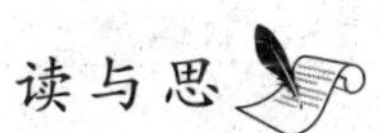

在我们成长的过程中，会遇到很多人，有些人看起来很凶，但人其实很好；而有些人表面上和颜悦色，内心里却藏着一把刀。我们要学会擦亮眼睛，透过表面看到本质，识别真正的好坏，而不要被他人的表面所迷惑。你说对吗？

藤野先生

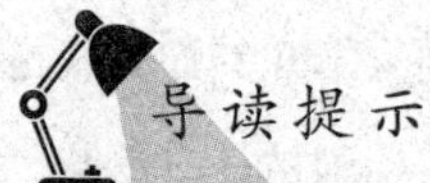

这篇文章从人物的行为、形象、说话、动作等细节入手，刻画了鲁迅先生最为知名的老师——藤野先生。文章运用了对比的写作手法，师生之情洋溢全文。比喻和反语的运用将某些留学生的丑态刻画得淋漓尽致。

藤野先生影响了鲁迅的一生，一个重要的原因就是藤野先生对鲁迅倾注了无私的爱。令人钦佩且感动。

东京也无非是这样。上野的樱花烂熳的时节，望去确也像绯红的轻云，但花下也缺不了成群结队的“清国留学生”的速成班，头顶上盘着大辫子，顶得学生制帽的顶上高高耸起，形成一座富士山。也有解散辫子，盘得平的，除下帽来，油光可鉴，宛如小姑娘的发髻一般，还要将脖子扭几扭。实在标致极了。

中国留学生会馆的门房里有几本书买，有时还值得去一转；倘在上午，里面的几间洋房里倒也还可以坐坐的。但到傍晚，有一间的地板便常不免要咚咚咚地响得震天，兼以满房烟尘斗乱；问问精通时事的人，答道："那是在学跳舞。"

到别的地方去看看，如何呢？

我就往仙台的医学专门学校去。从东京出发，不久便到一处驿站，写道：日暮里。不知怎地，我到现在还记得这名目。其次却只记得水户了，这是明的遗民朱舜水[1]先生客死的地方。仙台是一个市镇，并不大；冬天冷得利[2]害；还没有中国的学生。

大概是物以希为贵罢。北京的白菜运往浙江，便用红头绳系住菜根，倒挂在水果店头，尊为"胶菜"；福建野生着的芦荟，一到北京就请进温室，且美其名曰"龙舌兰"。我到仙台也颇受了这样的优待，不但学校不收学费，几个职员还为我的食宿操心。我先是住在监狱旁边一个客店里的，初冬已经颇冷，蚊子却还多，后来用被盖了全身，用衣服包了头脸，只留两个鼻孔出气。在这呼吸不息的地方，蚊子竟无从插嘴，居然睡安稳了。饭食也不坏。但一位先生却以为这客店也包办囚人的饭食，我住在那里不相宜，几次三番，几次三番地说。我虽然觉得客店兼办囚人的饭食和我不相干，然而好意难却，也只得别寻相宜的住处了。于是搬到别一家，离监狱也很远，可惜每天总要喝难以下咽的芋梗汤。

---

[1] 朱舜水（1600—1682），名之瑜，号舜水，浙江余姚人。明清之际的学者和教育家。

[2] 同"厉"，后文同。

从此就看见许多陌生的先生，听到许多新鲜的讲义。解剖学是两个教授分任的。最初是骨学。其时进来的是一个黑瘦的先生，八字须，戴着眼镜，挟着一叠大大小小的书。一将书放在讲台上，便用了缓慢而很有顿挫的声调，向学生介绍自己道：

“我就是叫作藤野严九郎的……”

后面有几个人笑起来了。他接着便讲述解剖学在日本发达的历史，那些大大小小的书，便是从最初到现今关于这一门学问的著作。起初有几本是线装的，还有翻刻中国译本的，他们的翻译和研究新的医学，并不比中国早。

那坐在后面发笑的是上学年不及格的留级学生，在校已经一年，掌故颇为熟悉的了。他们便给新生讲演每个教授的历史。这藤野先生，据说是穿衣服太模糊了，有时竟会忘记带领结；冬天是一件旧外套，寒碜碜的，有一回上火车去，致使管车的疑心他是扒手，叫车里的客人大家小心些。

他们的话大概是真的，我就亲见他有一次上讲堂没有带领结。

过了一星期，大约是星期六，他使助手来叫我了。到得研究室，见他坐在人骨和许多单独的头骨中间——他其时正在研究着头骨，后来有一篇论文在本校的杂志上发表出来。

“我的讲义，你能抄下来么？”他问。

“可以抄一点。”

“拿来我看！”

我交出所抄的讲义去，他收下了，第二三天便还我，并且说，此后每一星期要送给他看一回。我拿下来打开看时，很吃了一惊，同时也感到一种不安和感激。原来我的讲义已经从头到末，都用红笔添改过了，不但增加了许多脱漏的地方，连文法的错误，也都一一订正。这样一直继续到教完了他所担任的功课：骨学，血管学，神经学。

可惜我那时太不用功，有时也很任性。还记得有一回藤野先生将我叫到他的研究室里去，翻出我那讲义上的一个图来，是下臂的血管，指着，向我和蔼地说道：

“你看，你将这条血管移了一点位置了——自然，这样一移，的确比较的好看些，然而解剖图不是美术，实物是那么样的，我们没法改换它。现在我给你改好了，以后你要全照着黑板上那样的画。”

但是我还不服气，口头答应着，心里却想道：

“图还是我画的不错，至于实在的情形，我心里自然记得的。”

学年试验完毕之后，我便到东京玩了一夏天，秋初再回学校，成绩早已发表了，同学一百余人之中，我在中间，不过是没有落第。这回藤野先生所担任的功课，是解剖实习和局部解剖学。

解剖实习了大概一星期，他又叫我去了，很高兴地，仍用了极有抑扬的声调对我说道：

“我因为听说中国人是很敬重鬼的，所以很担心，怕你不肯解剖尸体。现在总算放心了，没有这回事。”

但他也偶有使我很为难的时候。他听说中国的女人是裹脚的，但不知道详细，所以要问我怎么裹法，足骨变成怎样的畸形，还叹息道：“总要看一看才知道。究竟是怎么一回事呢？”

有一天，本级的学生会干事到我寓里来了，要借我的讲义看。我检出来交给他们，却只翻检了一通，并没有带走。但他们一走，邮差就送到一封很厚的信，拆开看时，第一句是：

“你改悔罢！”

这是《新约》上的句子罢，但经托尔斯泰新近引用过的。其时正值日俄战争，托老先生便写了一封给俄国和日本的皇帝的信，开首便是这一句。日本报纸上很斥责他的不逊，爱国青年也愤然，然而暗地里却早受了他的影响了。其次的话，大略是说上年解剖学试验的题目，是藤野先生讲义上做了记号，我预先知道的，所以能有这样的成绩。末尾是匿名。

我这才回忆到前几天的一件事。因为要开同级会，干事便在黑板上写广告，末一句是“请全数到会勿漏为要”，而且在“漏”字旁边加了一个圈。我当时虽然觉到圈得可笑，但是毫不介意，这回才悟出那字也在讥刺我了，犹言我得了教员漏泄出来的题目。

我便将这事告知了藤野先生；有几个和我熟识的同学也很不平，一同去诘责干事托辞检查的无礼，并且要求他们将检查的结果，发表出来。终于这流言消灭了，干事却又竭力运动，要收回那一封匿名信去。结末是我便将这托尔斯泰式的信退还了他们。

中国是弱国，所以中国人当然是低能儿，分数在六十分以上，便不是自己的能力了：也无怪他们疑惑。但我接着便有参观枪毙中国人的命运了。第二年添教霉菌学，细菌的形状是全用电影[3]来显示的，一段落已完而还没有到下课的时候，便影几片时事的片子，自然都是日本战胜俄国的情形。但偏有中国人夹在里边：给俄国人做侦探，被日本军捕获，要枪毙了，围着看的也是一群中国人；在讲堂里的还有一个我。

“万岁！”他们都拍掌欢呼起来。

这种欢呼，是每看一片都有的，但在我，这一声却特别听得刺耳。此后回到中国来，我看见那些闲看枪毙犯人的人们，

[3]这里指幻灯片。

他们也何尝不酒醉似的喝彩——呜呼，无法可想！但在那时那地，我的意见却变化了。

到第二学年的终结，我便去寻藤野先生，告诉他我将不学医学，并且离开这仙台。他的脸色仿佛有些悲哀，似乎想说话，但竟没有说。

“我想去学生物学，先生教给我的学问，也还有用的。”其实我并没有决意要学生物学，因为看得他有些凄然，便说了一个慰安他的谎话。

“为医学而教的解剖学之类，怕于生物学也没有什么大帮助。”他叹息说。

将走的前几天，他叫我到他家里去，交给我一张照相，后面写着两个字道“惜别”，还说希望将我的也送他。但我这时适值没有照相了，他便叮嘱我将来照了寄给他，并且时时通信告诉他此后的状况。

我离开仙台之后，就多年没有照过相，又因为状况也无聊，说起来无非使他失望，便连信也怕敢写了。经过的年月一多，话更无从说起，所以虽然有时想写信，却又难以下笔，这样的一直到现在，竟没有寄过一封信和一张照片。从他那一面看起来，是一去之后，杳无消息了。

但不知怎地，我总还时时记起他，在我所认为我师的之中，他是最使我感激，给我鼓励的一个。有时我常常想：他的对于我的热心的希望，不倦的教诲，小而言之，是为中国，就是希望中国有新的医学；大而言之，是为学术，就是希望新的医学传到中国去。他的性格，在我的眼里和心里是伟大的，虽然他的姓名并不为许多人所知道。

他所改正的讲义，我曾经订成三厚本，收藏着的，将作为永久的纪念。不幸七年前迁居的时候，中途毁坏了一口书箱，失去半箱书，恰巧这讲义也遗失在内了。责成运送局去找寻，寂无回信。只有他的照相至今还挂在我北京寓居的东墙上，书桌对面。每当夜间疲倦，正想偷懒时，仰面在灯光中瞥见他黑瘦的面貌，似乎正要说出抑扬顿挫的话来，便使我忽又良心发现，而且增加勇气了，于是点上一枝[4]烟，再继续写些为“正人君子”之流所深恶痛疾的文字。

十月十二日

读与思

我们经常说，教师是人类灵魂的工程师。一位好老师对学生的影响非常大，而且这种影响力会恒久存在，甚至会影响很多人的一辈子。在你的成长过程中，有没有遇到过令你难忘的老师？他曾对你有过哪些帮助呢？不妨和朋友交流一下。

[4] 现通常用“支”作烟的量词。

范爱农

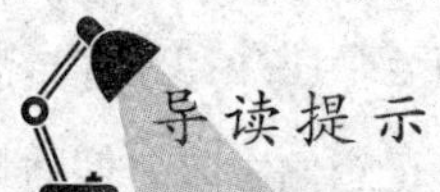

这是鲁迅先生追忆知名爱国知识分子范爱农的纪念文章，叙述了鲁迅先生与范爱农的留学生涯交集以及归国后生活上的一些交集。在鲁迅先生的印象里，范爱农是一个性格倔强、落落寡欢、富有正义感的爱国知识分子，但最后却因辛亥革命失败被逼上了绝路，造成了悲剧。文章最后以“现在不知他唯一的女儿境况如何？倘在上学，中学已该毕业了罢”，表达了作者对亡友的深深怀念。

在东京的客店里，我们大抵一起来就看报。学生所看的多是《朝日新闻》和《读卖新闻》，专爱打听社会上琐事的就看《二六新闻》。一天早晨，辟头就看见一条从中国来的电报，大概是：

“安徽巡抚恩铭被Jo Shiki Rin刺杀，刺客就擒。”

大家一怔之后，便容光焕发地互相告语，并且研究这刺客是谁，汉字是怎样三个字。但只要是绍兴人，又不专看教科书的，却早已明白了。这是徐锡麟[1]，他留学回国之后，在做安徽候补道，办着巡警事务，正合于刺杀巡抚的地位。

大家接着就预测他将被极刑，家族将被连累。不久，秋瑾[2]姑娘在绍兴被杀的消息也传来了，徐锡麟是被挖了心，给恩铭的亲兵炒食净尽。人心很愤怒。有几个人便秘密地开一个会，筹集川资；这时用得着日本浪人了，撕乌贼鱼下酒，慷慨一通之后，他便登程去接徐伯荪的家属去。

照例还有一个同乡会，吊烈士，骂"满洲"；此后便有人主张打电报到北京，痛斥满政府的无人道。会众即刻分成两派：一派要发电，一派不要发。我是主张发电的，但当我说出之后，即有一种钝滞的声音跟着起来：

"杀的杀掉了，死的死掉了，还发什么屁电报呢。"

这是一个高大身材，长头发，眼球白多黑少的人，看人总像在渺视。他蹲在席子上，我发言大抵就反对。我早觉得奇怪，注意着他的了，到这时才打听别人："说这话的是谁呢，有那么冷？"认识的人告诉我说："他叫范爱农，是徐伯荪的学生。"

我非常愤怒了，觉得他简直不是人，自己的先生被杀了，连打一个电报还害怕，于是便坚执地主张要发电，同他争起来。

---

❶徐锡麟（1873—1907），字伯荪，浙江绍兴人，清末革命团体"光复会"的重要成员。

❷秋瑾（1875—1907），中国女权和女学思想的倡导者，近代民主革命志士。

结果是主张发电的居多数，他屈服了。其次要推出人来拟电稿。

“何必推举呢？自然是主张发电的人啰——”他说。

我觉得他的话又在针对我，无理倒也并非无理的。但我便主张这一篇悲壮的文章必须深知烈士生平的人做，因为他比别人关系更密切，心里更悲愤，做出来就一定更动人。于是又争起来。结果是他不做，我也不做，不知谁承认做去了；其次是大家走散，只留下一个拟稿的和一两个干事，等候做好之后去拍发。

从此我总觉得这范爱农离奇，而且很可恶。天下可恶的人，当初以为是“满人”，这时才知道还在其次；第一倒是范爱农。中国不革命则已，要革命，首先就必须将范爱农除去。

然而这意见后来似乎逐渐淡薄，到底忘却了，我们从此也没有再见面。直到革命的前一年，我在故乡做教员，大概是春末时候罢，忽然在熟人的客座上看见了一个人，互相熟视了不过两三秒钟，我们便同时说：

“哦哦，你是范爱农！”

“哦哦，你是鲁迅！”

不知怎地我们便都笑了起来，是互相的嘲笑和悲哀。他眼睛还是那样，然而奇怪，只这几年，头上却有了白发了，但也许本来就有，我先前没有留心到。他穿着很旧的布马褂，破布鞋，显得很寒素。谈起自己的经历来，他说他后来没有了学费，不能再留学，便回来了。回到故乡之后，又受着轻蔑，排斥，迫害，几乎无地可容。现在是躲在乡下，教着几个小学生糊口。但因为有时觉得很气闷，所以也趁了航船进城来。

他又告诉我现在爱喝酒，于是我们便喝酒。从此他每一进城，必定来访我，非常相熟了。我们醉后常谈些愚不可及的疯话，连母亲偶然听到了也发笑。一天我忽而记起在东京开同乡会时的旧事，便问他：

“那一天你专门反对我，而且故意似的，究竟是什么缘故呢？”

“你还不知道？我一向就讨厌你的，——不但我，我们。”

“你那时之前，早知道我是谁么？”

“怎么不知道。我们到横滨，来接的不就是子英和你么？你看不起我们，摇摇头，你自己还记得么？”

我略略一想，记得的，虽然是七八年前的事。那时是子英来约我的，说到横滨去接新来留学的同乡。汽船一到，看见一大堆，大概一共有十多人，一上岸便将行李放到税关上去候查检，关吏在衣箱中翻来翻去，忽然翻出一双绣花的弓鞋来，

便放下公事，拿着子细[3]地看。我很不满，心里想，这些鸟男人，怎么带这东西来呢。自己不注意，那时也许就摇了摇头。检验完毕，在客店小坐之后，即须上火车。不料这一群读书人又在客车上让起坐位[4]来了，甲要乙坐在这位子，乙要丙去坐，揖让未终，火车已开，车身一摇，即刻跌倒了三四个。我那时也很不满，暗地里想：连火车上的坐位，他们也要分出尊卑来……。自己不注意，也许又摇了摇头。然而那群雍容揖让的人物中就有范爱农，却直到这一天才想到。岂但他呢，说起来也惭愧，这一群里，还有后来在安徽战死的陈伯平烈士，被害的马宗汉烈士；被囚在黑狱里，到革命后才见天日而身上永带着匪刑的伤痕的也还有一两人。而我都茫无所知，摇着头将他们一并运上东京了。徐伯荪虽然和他们同船来，却不在这车上，因为他在神户就和他的夫人坐车走了陆路了。

我想我那时摇头大约有两回，他们看见的不知道是那一回。让坐时喧闹，检查时幽静，一定是在税关上的那一回了，试问爱农，果然是的。

“我真不懂你们带这东西做什么？是谁的？”

“还不是我们师母的？”他瞪着他多白的眼。

“到东京就要假装大脚，又何必带这东西呢？”

---

[3] 即“仔细”。认真、细致；细心。写法按原著。——编者注

[4] 同“座位”。

“谁知道呢？你问她去。”

到冬初，我们的景况更拮据了，然而还喝酒，讲笑话。忽然是武昌起义[5]，接着是绍兴光复。第二天爱农就上城来，戴着农夫常用的毡帽，那笑容是从来没有见过的。

“老迅，我们今天不喝酒了。我要去看看光复的绍兴。我们同去。”

我们便到街上去走了一通，满眼是白旗。然而貌虽如此，内骨子是依旧的，因为还是几个旧乡绅所组织的军政府，什么铁路股东是行政司长，钱店掌柜是军械司长……这军政府也到底不长久，几个少年一嚷，王金发带兵从杭州进来了，但即使不嚷或者也会来。他进来以后，也就被许多闲汉和新进的革命党所包围，大做王都督。在衙门里的人物，穿布衣来的，不上十天也大概换上皮袍子了，天气还并不冷。

我被摆在师范学校校长的饭碗旁边，王都督给了我校款二百元。爱农做监学，还是那件布袍子，但不大喝酒了，也很少有工夫谈闲天。他办事，兼教书，实在勤快得可以。

“情形还是不行，王金发他们。”一个去年听过我的讲义的少年来访问我，慷慨地说，“我们要办一种报来监督他们。不过发起人要借用先生的名字。还有一个是子英先生，一个是德清先生。为社会，我们知道你决不推却的。”

---

[5] 即“辛亥革命”。

我答应他了。两天后便看见出报的传单，发起人诚然是三个。五天后便见报，开首便骂军政府和那里面的人员；此后是骂都督，都督的亲戚，同乡，姨太太……

这样地骂了十多天，就有一种消息传到我的家里来，说都督因为你们诈取了他的钱，还骂他，要派人用手枪来打死你们了。

别人倒还不打紧，第一个着急的是我的母亲，叮嘱我不要再出去。但我还是照常走，并且说明，王金发是不来打死我们的，他虽然绿林大学出身，而杀人却不很轻易。况且我拿的是校款，这一点他还能明白的，不过说说罢了。

果然没有来杀。写信去要经费，又取了二百元。但仿佛有些怒意，同时传令道："再来要，没有了！"

不过爱农得到了一种新消息，却使我很为难。原来所谓"诈取"者，并非指学校经费而言，是指另有送给报馆的一笔款。报纸上骂了几天之后，王金发便叫人送去了五百元。于是乎我们的少年们便开起会议来，第一个问题是：收不收？决议曰：收。第二个问题是：收了之后骂不骂？决议曰：骂。理由是：收钱之后，他是股东；股东不好，自然要骂。

我即刻到报馆去问这事的真假。都是真的。略说了几句不该收他钱的话，一个名为会计的便不高兴了，质问我道：

"报馆为什么不收股本？"

"这不是股本……"

"不是股本是什么？"

我就不再说下去了，这一点世故是早已知道的，倘我再说出连累我们的话来，他就会面斥我太爱惜不值钱的生命，不肯为社会牺牲，或者明天在报上就可以看见我怎样怕死发抖的记载。

然而事情很凑巧，季茀[6]写信来催我往南京了。爱农也很赞成，但颇凄凉，说：

"这里又是那样，住不得。你快去罢……"

我懂得他无声的话，决计往南京。先到都督府去辞职，自然照准，派来了一个拖鼻涕的接收员，我交出账目和余款一角又两铜元，不是校长了。后任是孔教会[7]会长傅力臣。

报馆案[8]是我到南京后两三个星期了结的，被一群兵们捣毁。子英在乡下，没有事；德清适值在城里，大腿上被刺了一尖刀。他大怒了。自然，这是很有些痛的，怪他不得。他大怒之后，脱下衣服，照了一张照片，以显示一寸来宽的刀伤，并且做一篇文章叙述情形，向各处分送，宣传军政府的横暴。我想，这种照片现在是大约未必还有人收藏着了，尺寸太小，刀伤缩小到几乎等于无，如果不加说明，看见的人一定以为是带些疯气的风流人物的裸体照片，倘遇见孙传芳[9]大帅，还怕要被禁止的。

---

❻即许寿裳，字季茀，浙江绍兴人。教育家。作者留学日本时的同学，后在北京女子师范大学、广东中山大学等处同事多年。

❼孔教会，一个为袁世凯窃国复辟服务的尊孔派组织。

❽王金发所部士兵捣毁越铎日报馆一案。

❾孙传芳（1885—1935），字馨远，山东泰安人，直系军阀首领。

我从南京移到北京的时候，爱农的学监也被孔教会会长的校长设法去掉了。他又成了革命前的爱农。我想为他在北京寻一点小事做，这是他非常希望的，然而没有机会。他后来便到一个熟人的家里去寄食，也时时给我信，景况愈困穷，言辞也愈凄苦。终于又非走出这熟人的家不可，便在各处飘[10]浮。不久，忽然从同乡那里得到一个消息，说他已经掉在水里，淹死了。

我疑心他是自杀。因为他是浮水的好手，不容易淹死的。

夜间独坐在会馆里，十分悲凉，又疑心这消息并不确，但无端又觉得这是极其可靠的，虽然并无证据。一点法子都没有，只做了四首诗，后来曾在一种日报上发表，现在是将要忘记完了。只记得一首里的六句，起首四句是："把酒论天下，先生小酒人。大圜犹酩酊，微醉合沉沦。"中间忘掉两句，末了是"旧朋云散尽，余亦等轻尘"。

后来我回故乡去，才知道一些较为详细的事。爱农先是什么事也没得做，因为大家讨厌他。他很困难，但还喝酒，是朋友请他的。他已经很少和人们来往，常见的只剩下几个后来认识的较为年轻的人了，然而他们似乎也不愿意多听他的牢骚，以为不如讲笑话有趣。

"也许明天就收到一个电报，拆开来一看，是鲁迅来叫我的。"他时常这样说。

---

[10] 同"漂"。

一天，几个新的朋友约他坐船去看戏，回来已过夜半，又是大风雨，他醉着，却偏要到船舷上去小解。大家劝阻他，也不听，自己说是不会掉下去的。但他掉下去了，虽然能浮水，却从此不起来。

第二天打捞尸体，是在菱荡里找到的，直立着。

我至今不明白他究竟是失足还是自杀。

他死后一无所有，遗下一个幼女和他的夫人。有几个人想集一点钱作他女孩将来的学费的基金，因为一经提议，即有族人来争这笔款的保管权——其实还没有这笔款——大家觉得无聊，便无形消散了。

现在不知他唯一的女儿景况如何？倘在上学，中学已该毕业了罢。

十一月十八日

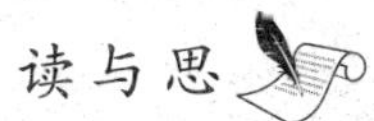

读与思

人的一生中如果没有朋友，将会失去很多快乐和意义。什么是朋友？朋友就是你可以精诚相待的人。想一下，你的身边有这样的朋友吗？你的朋友曾为你做过哪些事情，而你又该为朋友做些什么呢？

秋夜

《秋夜》创作于1924年9月的北京，当时因为社会的变故和强大的统治势力，鲁迅不免感到彷徨和苦闷。这篇散文诗，就是作者当时思想情感的表达。

文章语言精致，意象空灵，结构严谨，为象征散文诗民族化的创造提供了一种全新的典范。

在我的后园，可以看见墙外有两株树，一株是枣树，还有一株也是枣树。

这上面的夜的天空，奇怪而高，我生平没有见过这样的奇怪而高的天空。它仿佛要离开人间而去，使人们仰面不再看见。然而现在却非常之蓝，闪闪地映着几十个星星的眼，冷眼。他的口角上现出微笑，似乎自以为大有深意，而将繁霜洒在我的园里的野花草上。

我不知道那些花草真叫什么名字，人们叫他们什么名字。

我记得有一种开过极细小的粉红花，现在还开着，但是更极细小了，她在冷的夜气中，瑟缩地做梦，梦见春的到来，梦见秋的到来，梦见瘦的诗人将眼泪擦在她最末的花瓣上，告诉她秋虽然来，冬虽然来，而此后接着还是春，蝴蝶乱飞，蜜蜂都唱起春词来了。她于是一笑，虽然颜色冻得红惨惨地，仍然瑟缩着。

枣树，他们简直落尽了叶子。先前，还有一两个孩子来打他们别人打剩的枣子，现在是一个也不剩了，连叶子也落尽了。他知道小粉红花的梦，秋后要有春；他也知道落叶的梦，春后还是秋。他简直落尽叶子，单剩干子，然而脱了当初满树是果实和叶子时候的弧形，欠伸得很舒服。但是，有几枝还低亚着，护定他从打枣的竿梢所得的皮伤。而最直最长的几枝，却已默默地铁似的直刺着奇怪而高的天空，使天空闪闪地鬼眼；直刺着天空中圆满的月亮，使月亮窘得发白。

鬼眼的天空越加非常之蓝，不安了，仿佛想离去人间，避开枣树，只将月亮剩下。然而

月亮也暗暗地躲到东边去了。而一无所有的干子，却仍然默默地铁似的直刺着奇怪而高的天空，一意要制他的死命，不管他各式各样地着许多蛊惑的眼睛。

哇的一声，夜游的恶鸟飞过了。

我忽而听到夜半的笑声，吃吃地，似乎不愿意惊动睡着的人，然而四围的空气都应和着笑。夜半，没有别的人，我即刻听出这声音就在我嘴里，我也即刻被这笑声所驱逐，回进自己的房。灯火的带子也即刻被我旋高了。

后窗的玻璃上叮叮地响，还有许多小飞虫乱撞。不多久，几个进来了，许是从窗纸的破孔进来的。他们一进来，又在玻璃的灯罩上撞得丁丁地响。一个从上面撞进去了，他于是遇到火，而且我以为这火是真的。两三个却休息在灯的纸罩上喘气。那罩是昨晚新换的罩，雪白的纸，折出波浪纹的叠痕，一角还画出一枝猩红色的栀子。

猩红的栀子开花时，枣树又要做小粉红花的梦，青葱地弯成弧形了……我又听到夜半的笑声。我赶紧砍断我的心绪，看那老在白纸罩上的小青虫，头大尾小，向日葵子似的，只有半粒小麦那么大，遍身的颜色苍翠得可爱，可怜。

我打一个呵欠，点起一支纸烟，喷出烟来，对着灯默默地敬奠这些苍翠精致的英雄们。

一九二四年九月十五日

读与思 

在文学创作中，很多作家擅长拟人化的手法，在创作中把所要表达的景物人格化，并借景物所具备的象征意义，来比喻时事，且多有借景言志、托物抒怀的方式，使其既符合自然景物的特征，又蕴含丰富的人生哲理。那么，在这篇文章中，后园里的各种事物分别象征着什么呢？试着说一说吧！

雪

导读提示

“孤独的雪，是死掉的雨，是雨的精魂。”这句像诗一样的名言，是鲁迅先生在这篇文中创作的金句。作者用诗一般的语言，描写了冬日的唯美画面。文中通过“江南”和“朔方”雪景的对比，表现了对春天的向往，对美好事物的缅怀，以及抗争现实的精神。

《雪》是一首动人的咏雪诗，也是一幅绝美的雪景图，达到了诗中有画、画中有诗的艺术境界。

暖国[1]的雨，向来没有变过冰冷的坚硬的灿烂的雪花。博识的人们觉得他单调，他自己也以为不幸否耶？江南的雪，可是滋润美艳之至了，那是还在隐约着的青春的消息，是极壮健的处子的皮肤。雪野中有血红的宝珠山茶，白中隐青的单瓣梅

[1] 我国南方气候温暖的地区。

花，深黄的磬口的蜡梅花；雪下面还有冷绿的杂草。胡[2]蝶确乎没有；蜜蜂是否来采山茶花和梅花的蜜，我可记不真切了。但我的眼前仿佛看见冬花开在雪野中，有许多蜜蜂们忙碌地飞着，也听得他们嗡嗡地闹着。

孩子们呵着冻得通红，像紫芽姜一般的小手，七八个一齐来塑雪罗汉。因为不成功，谁的父亲也来帮忙了。罗汉就塑得比孩子们高得多，虽然不过是上小下大的一堆，终于分不清是壶卢还是罗汉；然而很洁白，很明艳，以自身的滋润相粘结，整个地闪闪地生光。孩子们用龙眼核给他做眼珠，又从谁的母亲的脂粉奁[3]中偷得胭脂来涂在嘴唇上。这回确是一个大阿罗汉了。他也就目光灼灼地嘴唇通红地坐在雪地里。

第二天还有几个孩子来访问他，对了他拍手、点头、嘻笑。但他终于独自坐着了。晴天又来消释他的皮肤，寒夜又使他结一层冰，化作不透明的水晶模样；连续的晴天又使他成为不知道算什么，而嘴上的胭脂也褪尽了。

但是，朔方的雪花在纷飞之后，却永远如粉，如沙，他们决不粘连，撒在屋上，地上，枯草上，就是这样。屋上的雪是早已就有消化了的，因为屋里居人的火的温热。别的，在晴天之下，旋风忽来，便蓬勃地奋飞，在日光中灿灿地生光，如包

---

❷同“蝴”。

❸脂粉盒。

藏火焰的大雾，旋转而且升腾，弥漫太空，使太空旋转而且升腾地闪烁。

在无边的旷野上，在凛冽的天宇下，闪闪地旋转升腾着的是雨的精魂……

是的，那是孤独的雪，是死掉的雨，是雨的精魂。

一九二五年一月十八日

读与思 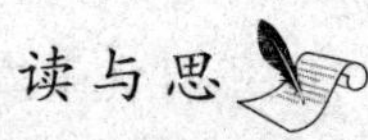

我国幅员辽阔、地大物博，同一时期各地气候条件差别很大，广东省的人们还在穿短袖，黑龙江省北部却已经白雪飘飘的情况很常见。而且各地物产、风俗习惯等等也都存在着差异，比如在饮食上就有“南米北面”的说法。你还知道南方和北方之间有哪些差异吗？不妨和朋友讨论一下。

风筝

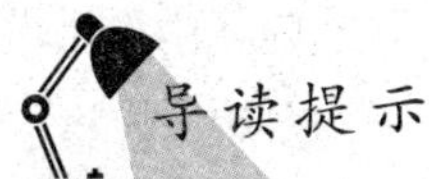

《风筝》把南方和北方巨大的气候差异呈现得淋漓尽致，同样是二月，北京的早春透着冷峻的寒意，而江南则是温和的、暖人的、热烈的。而这种对比不过是为了引出“我”与“小兄弟”两个人之间的情感关联，用这种气候的变化，把小时候一个瞬间放大到人生的时间轴上去看，无论在小时候的彼此之间的强弱对比，还是后来的人生变化，都让你难免感叹世事白衣苍狗，总有那么一个瞬间是让你的心里灌入沉重的铅块，给你来一记“精神的肃杀”的重拳。文章里三处明显的对比，奠定了文章深重无奈的基调，也使得文章更加深沉，含蕴极深。

北京的冬季，地上还有积雪，灰黑色的秃树枝丫叉于晴朗的天空中，而远处有一二风筝浮动，在我是一种惊异和悲哀。

故乡的风筝时节，是春二月，倘听到沙沙的风轮声，仰头便能看见一个淡墨色的蟹风筝或嫩蓝色的蜈蚣风筝。还有寂寞的瓦片风筝，没有风轮，又放得很低，伶仃地显出憔悴可怜模样。但此时地上的杨柳已经发芽，早的山桃也多吐蕾，和孩子们的天上的点缀相照应，打成一片春日的温和。我现在在那里呢？四面都还是严冬的肃杀，而久经诀别的故乡的久经逝去的春天，却就在这天空中荡漾了。

但我是向来不爱放风筝的，不但不爱，并且嫌恶它，因为我认为这是没出息孩子所做的玩意儿。和我相反的是我的小兄弟，他那时大概十岁内外罢，多病，瘦得不堪，然而最喜欢风筝，自己买不起，我又不许放，他只得张着小嘴，呆看着空中出神，有时至于小半日。远处的蟹风筝突然落下来了，他惊呼；两个瓦片风筝的缠绕解开了，他高兴得跳跃。他的这些，在我看来都是笑柄，可鄙的。

有一天，我忽然想起，似乎多日不很看见他了，但记得曾见他在后园拾枯竹。我恍然大悟似的，便跑向少有人去的一间堆积杂物的小屋去，推开门，果然就在尘封的什物堆中发见了他。他向着大方凳，坐在小凳上，便很惊惶地站了起来，失了色瑟缩着。大方凳旁靠着一个胡蝶风筝的竹骨，还没有糊上纸，凳上是一对做眼睛用的小风轮，正用红纸条装饰着，将要完工了。我在破获秘密的满足中，又很愤怒他的瞒了我的眼睛，这样苦心孤诣地来偷做没出息孩子的玩意儿。我即刻伸手折断了胡蝶的一支翅骨，又将风轮掷在地下，踏扁了。论长幼，论力气，他是都敌不过我的，我当然得到完全的胜利，于是傲然走出，留他绝望地站在小屋里。后来他怎样，我不知道，也没有留心。

然而我的惩罚终于轮到了，在我们离别得很久之后，我已经是中年。我不幸偶尔看了一本外国的讲论儿童的书，才知道游戏是儿童最正当的行为，玩具是儿童的天使。于是二十年来毫不忆及的幼小时候对于精神的虐杀的这一幕，忽地在眼前展开，而我的心也仿佛同时变了铅块，很重很重地堕下去了。

但心又不竟堕下去而至于断绝，他只是很重很重地堕着，堕着。

我也知道补过的方法的：送他风筝，赞成他放，劝他放，我和他一同放。我们嚷着，跑着，笑着。——然而他其时已经和我一样，早已有了胡子了。

我也知道还有一个补过的方法的：去讨他的宽恕，等他说："我可是毫不怪你呵。"那么，我的心一定就轻松了，这确是一个可行的方法。有一回，我们会面的时候，是脸上都已添刻了许多"生"的辛苦的条纹，而我的心很沉重。我们渐渐

谈起儿时的旧事来，我便叙述到这一节，自说少年时代的胡[1]涂。“我可是毫不怪你呵。”我想，他要说了，我即刻便受了宽恕，我的心从此也宽松了罢。

“有过这样的事么？”他惊异地笑着说，就像旁听着别人的故事一样。他什么也不记得了。

全然忘却，毫无怨恨，又有什么宽恕可言呢？无怨的恕，说谎罢了。

我还能希求什么呢？我的心只得沉重着。

现在，故乡的春天又在这异地的空中了，既给我久经逝去的儿时的回忆，而一并也带着无可把握的悲哀。我倒不如躲到肃杀的严冬中去罢，——但是，四面又明明是严冬，正给我非常的寒威和冷气。

一九二五年一月二十四日

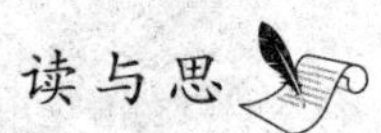

英国文学家莎士比亚说过：“宽容就像天上的细雨滋润着大地。它赐福于宽容的人，也赐福于被宽容的人。”在我们的生活中，宽容也无处不在，你能举出发生在自己或者身边的人身上的例子吗？不妨和朋友们讨论一下。

[1] 同“糊”。

好的故事

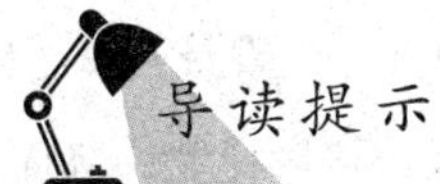

小船、山阴道、新禾、狗、农夫、村妇、茅屋、晒着的衣裳……作者用这些景物勾勒出了一幅梦幻般的画面，描写了一个没有“故事”的“好的故事”。或者说，这样的美景已经是一个“好的故事”了。

精美的文字，新颖的联想，独特的构思，使得这篇文章鲜活、生动，让读者看到了作者对美好事物的追求和赞美。

灯火渐渐地缩小了，在预告石油的已经不多；石油又不是老牌，早熏得灯罩很昏暗。鞭爆的繁响在四近，烟草的烟雾在身边：是昏沉的夜。

我闭了眼睛，向后一仰，靠在椅背上，捏着《初学记》的手搁在膝髁上。

我在蒙[1]胧中，看见一个好的故事。

---

[1] 同“朦”。

这故事很美丽，幽雅，有趣。许多美的人和美的事，错综起来像一天云锦，而且万颗奔星似的飞动着，同时又展开去，以至于无穷。

我仿佛记得曾坐小船经过山阴道，两岸边的乌桕，新禾，野花，鸡，狗，丛树和枯树，茅屋，塔，伽蓝，农夫和村妇，村女，晒着的衣裳，和尚，蓑笠，天，云，竹，……都倒影在澄碧的小河中，随着每一打桨，各各夹带了闪烁的日光，并水里的萍藻游鱼，一同荡漾。诸影诸物，无不解散，而且摇动，扩大，互相融和；刚一融和，却又退缩，复近于原形。边缘都参差如夏云头，镶着日光，发出水银色焰。凡是我所经过的河，都是如此。

现在我所见的故事也如此。水中的青天的底子，一切事物统在上面交错，织成一篇，永是生动，永是展开，我看不见这一篇的结束。

河边枯柳树下的几株瘦削的一丈红，该是村女种的罢。大红花和斑红花，都在水里面浮动，忽而碎散，拉长了，如缕缕的胭脂水，然而没有晕。茅屋，狗，塔，村女，云，……也都浮动着。大红花一朵朵全被拉长了，这时是泼剌奔迸的红锦带。带织入狗中，狗织入白云中，白云织入村女中……在一瞬间，他们又将退缩了。但斑红花影也已碎散，伸长，就要织进塔，村女，狗，茅屋，云里去。

现在我所见的故事清楚起来了，美丽，幽雅，有趣，而且分明。青天上面，有无数美的人和美的事，我一一看见，一一知道。

我就要凝视他们……

我正要凝视他们时，骤然一惊，睁开眼，云锦也已皱蹙，凌乱，仿佛有谁掷一块大石下河水中，水波陡然起立，将整篇的影子撕成片片了。我无意识地赶忙捏住几乎坠地的《初学记》，眼前还剩着几点虹霓色的碎影。

我真爱这一篇好的故事，趁碎影还在，我要追回他，完成他，留下他。我抛了书，欠身伸手去取笔，——何尝有一丝碎影，只见昏暗的灯光，我不在小船里了。

但我总记得见过这一篇好的故事，在昏沉的夜……

一九二五年二月二十四日

读与思

昏沉的夜、美好的故事，会让人不由联想起儿时躺在母亲怀抱里的时光，母亲一边轻拍怀里的孩子，一边低声呓语般讲着故事，睡意逐渐朦胧，耳边的声音越来越低、越来越远，直至进入甜蜜的梦乡。你还记得睡在母亲怀里的时光吗？和朋友交流一下吧。

这样的战士

“要有这样的一种战士——”，开篇的话，便为文章定下了基本的调性，这是一句总领全篇的点睛，同时表达出了号召国民同行的精神内核，给人以力量。

文章通过把“这样的战士”与“蒙昧的非洲土著人”和“疲惫的中国绿营兵”进行对比，号召革命青年必须具有不为任何阴谋诡计欺蒙的韧性，表达出了不屈不挠的斗争精神。

全诗运用象征手法，寓意深刻，韵味深长。

要有这样的一种战士——

已不是蒙昧如非洲土人而背着雪亮的毛瑟枪的，也并不疲惫如中国绿营兵而却佩着盒子炮。他毫无乞灵于牛皮和废铁的甲胄；他只有自己，但拿着蛮人所用的，脱手一掷的投枪。

他走进无物之阵，所遇见的都对他一式点头。他知道这点头就是敌人的武器，是杀人不见血的武器，许多战士都在此灭亡，正如炮弹一般，使猛士无所用其力。

那些头上有各种旗帜，绣出各样好名称：慈善家，学者，文士，长者，青年，雅人，君子……头下有各样外套，绣出各式好花样：学问，道德，国粹，民意，逻辑，公义，东方文明……

但他举起了投枪。

他们都同声立了誓来讲说，他们的心都在胸膛的中央，和别的偏心的人类两样。他们都在胸前放着护心镜，就为自己也深信心在胸膛中央的事做证。

但他举起了投枪。

他微笑，偏侧一掷，却正中了他们的心窝。

一切都颓然倒地——然而只有一件外套，其中无物。无物之物已经脱走，得了胜利，因为他这时成了戕害慈善家等类的罪人。

但他举起了投枪。

他在无物之阵中大踏步走，再见一式的点头，各种的旗帜，各样的外套……

但他举起了投枪。

他终于在无物之阵中老衰，寿终。他终于不是战士，但无物之物则是胜者。

在这样的境地里，谁也不闻战叫：太平。

太平……

但他举起了投枪！

一九二五年十二月十四日

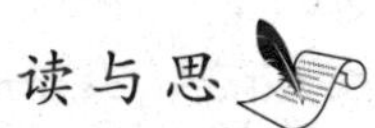

读与思

有句话叫“文如其人”，是说文章的风格和作者的性格特点相似。这篇文章中的“战士”无疑有鲁迅自己的身影，体现着他所提倡的韧性战斗精神。这是一种很难得的“言行一致”的品质。在生活中，你能做到言行一致吗？怎样才算言行一致？不妨和朋友讨论一下。

聪明人和傻子和奴才

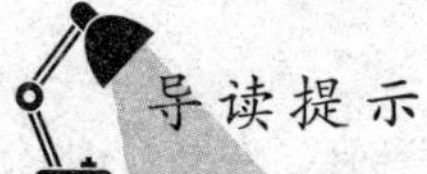

导读提示

这是一篇散文诗，从文本上来看也像是一则寓言故事。作者通过对比的手法，描写了拥有不同人生观的人对待现实所持有的不同的态度，批判了“聪明人”，讽刺了“奴才”，歌颂了“傻子”。三种观念，像三个支点，涵盖了极大部分类型的人；又像三个有着紧密连接的整体，完善着社会的人的构成，文章虽然短小，但是寓意深刻，是一篇值得好好品读的佳作。

奴才总不过是寻人诉苦。只要这样，也只能这样。有一日，他遇到一个聪明人。

“先生！”他悲哀地说，眼泪连成一线，就从眼角上直流下来，“你知道的。我所过的简直不是人的生活。吃的是一天未必有一餐，这一餐又不过是高粱皮，连猪狗都不要吃的，尚且只有一小碗……”

“这实在令人同情。”聪明人也惨然说。

“可不是么！”他高兴了，“可是做工是昼夜无休息的：清早担水晚烧饭，上午跑街夜磨面，晴洗衣裳雨张伞，冬烧汽炉夏打扇。半夜要煨银耳，侍候主人耍钱；头钱从来没分，有时还挨皮鞭……”

“唉唉……”聪明人叹息着，眼圈有些发红，似乎要下泪。

“先生！我这样是敷衍不下去的。我总得另外想法子。可是什么法子呢？……”

“我想，你总会好起来……”

“是么？但愿如此。可是我对先生诉了冤苦，又得你的同情和慰安，已经舒坦得不少了。可见天理没有灭绝……”

但是，不几日，他又不平起来了，仍然寻人去诉苦。

“先生！”他流着眼泪说，“你知道的。我住的简直比猪窠还不如。主人并不将我当人，他对他的叭儿狗还要好到几万倍……”

“混帐！”那人大叫起来，使他吃惊了。那人是一个傻子。

“先生，我住的只是一间破小屋，又湿，又阴，满是臭虫，睡下去就咬得真可以。秽气冲着鼻子，四面又没有一个窗……”

“你不会要你的主人开一个窗的么？”

“这怎么行？……”

“那么，你带我去看去！”

傻子跟奴才到他屋外，动手就砸那泥墙。

“先生！你干什么？”他大惊地说。

“我给你打开一个窗洞来。”

“这不行！主人要骂的！”

“管他呢！”他仍然砸。

“人来呀！强盗在毁咱们的屋子了！快来呀！迟一点可要打出窟窿来了！……”他哭嚷着，在地上团团地打滚。

一群奴才都出来了，将傻子赶走。

听到了喊声，慢慢地最后出来的是主人。

“有强盗要来毁咱们的屋子，我首先叫喊起来，大家一同把他赶走了。”他恭敬而得胜地说。

“你不错。”主人这样夸奖他。

这一天就来了许多慰问的人，聪明人也在内。

“先生。这回因为我有功，主人夸奖了我了。你先前说我总会好起来，实在是有先见之明……”他大有希望似的高兴地说。

“可不是么……”聪明人也代为高兴似的回答他。

一九二五年十二月二十六日

读与思 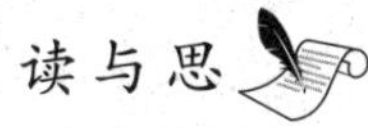

在当下，文中提到的现象其实仍有存在。在我们的身边，仍然有很多“奴才”，还有少数无奈的“傻子”和伪善的“聪明人”。实在令人感慨。而社会想要进步，则需要有更多的敢于与黑暗势力做斗争的“傻子”。你说对吗？

一　觉

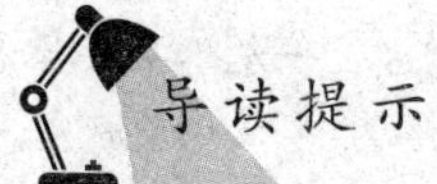

《一觉》这篇散文诗，有对青年烈士的哀悼与歌颂，也有对觉醒青年的希望。

从“飞机掷下炸弹”到“由眼前进步青年的文稿所生发的喟叹”，又“忽然记起一件事”，引起了作者内心深切的触动。因为有了青年一代的觉醒，作者一扫颓唐的精神，变得更加昂扬了。

飞机负了掷下炸弹的使命，像学校的上课似的，每日上午在北京城上飞行。每听得机件搏击空气的声音，我常觉到一种轻微的紧张，宛然目睹了“死”的袭来，但同时也深切地感着“生”的存在。

隐约听到一二爆发声以后，飞机嗡嗡地叫着，冉冉地飞去了。也许有人死伤了罢，然而天下却似乎更显得太平。窗外的白杨的嫩叶，在日光下发乌金光；榆叶梅也比昨日开得更烂漫。收拾了散乱满床的日报，拂去昨夜聚在书桌上的苍白的微尘，我的四方的小书斋，今日也依然是所谓“窗明几净”。

因为或一种原因，我开手编校那历来积压在我这里的青年作者的文稿了：我要全都给一个清理。我照作品的年月看下去，这些不肯涂脂抹粉的青年们的魂灵便依次屹立在我眼前。他们是绰约的，是纯真的，——阿，然而他们苦恼了，呻吟了，愤怒，而且终于粗暴了，我的可爱的青年们！

魂灵被风沙打击得粗暴，因为这是人的魂灵，我爱这样的魂灵；我愿意在无形无色的鲜血淋漓的粗暴上接吻。缥缈的名园中，奇花盛开着，红颜的静女正在超然无事地逍遥，鹤唳一声，白云郁然而起……这自然使人神往的罢，然而我总记得我活在人间。

我忽然记起一件事：两三年前，我在北京大学的教员预备室里，看见进来了一个并不熟识的青年，默默地给我一包书，便出去了，打开看时，是一本《浅草》。就在这默默中，使我懂得了许多话。阿，这赠品是多么丰饶呵！可惜那《浅草》不再出版了，似乎只成了《沉钟》的前身。那《沉钟》就在这风沙[1]洞中，深深地在人海的底里寂寞地鸣动。

野蓟经了几乎致命的摧折，还要开一朵小花，我记得托尔斯泰曾受了很大的感动，因此写出一篇小说来。但是，草木在

[1] 意为“弥漫”。

旱干的沙漠中间，拼命伸长他的根，吸取深地中的水泉，来造成碧绿的林莽，自然是为了自己的“生”的，然而使疲劳枯渴的旅人，一见就怡然觉得遇到了暂时息肩之所，这是如何的可以感激，而且可以悲哀的事？！

《沉钟》的《无题》——代启事——说：“有人说：我们的社会是一片沙漠。——如果当真是一片沙漠，这虽然荒漠一点也还静肃；虽然寂寞一点也还会使你感觉苍茫。何至于像这样的混沌，这样的阴沉，而且这样的离奇变幻！”

是的，青年的魂灵屹立在我眼前，他们已经粗暴了，或者将要粗暴了，然而我爱这些流血和隐痛的魂灵，因为他使我觉得是在人间，是在人间活着。

在编校中夕阳居然西下，灯火给我接续的光。各样的青春在眼前一一驰去了，身外但有昏黄环绕。我疲劳着，捏着纸烟，在无名的思想中静静地合了眼睛，看见很长的梦。忽而惊觉，身外也还是环绕着昏黄；烟篆❷在不动的空气中上升，如几片小小夏云，徐徐幻出难以指名的形象。

一九二六年四月十日

---

❷指香、香烟等的烟缕。

读与思

睡觉是人类必需的一种休息方式，保证了充足的睡眠，人们才能恢复充沛的精力。其实，我们的精神也需要“睡觉”——一种意识上的熏陶和改变，如此，我们才能够觉醒，对世界拥有全新的认知，并充满力量地去奋斗。你觉得对吗？

淡淡的血痕中

——纪念几个死者和生者和未生者

"三一八"惨案之后，鲁迅先生在愤怒的心境下写下了这篇充满战斗意味的抒情散文。

"使饮者可以哭，可以歌，也如醒，也如醉，若有知，若无知，也欲死，也欲生。"这些问题看起来极具美感，却又有一种强烈的冲击力，揭示了当争不争的国民劣根性，迸发出鼓舞人心的力量。

目前的造物主，还是一个怯弱者。

他暗暗地使天变地异，却不敢毁灭一个这地球；暗暗地使生物衰亡，却不敢长存一切尸体；暗暗地使人类流血，却不敢使血色永远先浓；暗暗地使人类受苦，却不敢使人类永远记得。

他专为他的同类——人类中的怯弱者——设想，用废墟荒坟来衬托华屋，用时光来冲淡苦痛和血痕；日日斟出一杯微甘的苦酒，不太少，不太多，以能微醉为度，递给人间，使饮者可以哭，可以歌，也如醒，也如醉，若有知，若无知，也欲死，也欲生。他必须使一切也欲生，他还没有灭尽人类的勇气。

几片废墟和几个荒坟散在地上，映以淡淡的血痕，人们都在其间咀嚼着人我的渺茫的悲苦。但是不肯吐弃，以为究竟胜于空虚，各各自称为“天之僇民”[1]，以作咀嚼着人我的渺茫的悲苦的辩解，而且悚息着静待新的悲苦的到来。新的，这就使他们恐惧，而又渴欲相遇。

这都是造物主的良民。他就需要这样。

叛逆的猛士出于人间。他屹立着，洞见一切已改和现有的废墟和荒坟；记得一切深广和久远的苦痛；正视一切重叠淤积的凝血；深知一切已死，方生，将生和未生。他看透了造化的把戏；他将要起来使人类苏生，或者使人类灭尽，这些造物主的良民们。

造物主，怯弱者，羞惭了，于是伏藏。天地在猛士的眼中于是变色。

一九二六年四月八日

[1] “天之僇民”：语出《庄子·大宗师》。意为“受人间世俗束缚的人”。

读与思

“死生有命富贵在天”，这是儒家一贯提倡的理念，是说要顺应自然。但是，还有一种说法是“我命由我不由天”，是说自己的命运要靠自己努力争取。你更认同哪种理念呢？说说你的想法吧。

腊叶

导读提示

见微知著，以小见大，向来是鲁迅先生的拿手好戏。本篇通过用“一片独有一点蛀孔，镶着乌黑的花边，在红，黄和绿的斑驳中，明眸似的向人凝视”这种细微的观察能力，呈现生活中的观察能力，也呈现了作者的观察、深思，不仅勾起了遐想和回忆，也体味到了自己在现实生活中感受到的生命哲学。

文章以借物抒情，感情含蓄浓重，笔调沉婉却并不哀伤。

灯下看《雁门集》，忽然翻出一片压干的枫叶来。

这使我记起去年的深秋。繁霜夜降，木叶多半凋零，庭前的一株小小的枫树也变成红色了。我曾绕树徘徊，细看叶片的颜色，当他青葱的时候是从没有这么注意的。他也并非全树通红，最多的是浅绛，有几片则在绯红地上，还带着几团浓绿。一片独有一点蛀孔，镶着乌黑的花边，在红、黄和绿的斑驳中，明眸似的向人凝视。我自念：这是病叶呵！便将他摘了下

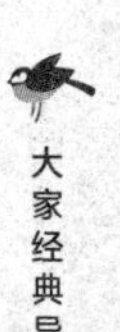

来，夹在刚才买到的《雁门集》里。大概是愿使这将坠的被蚀而斑斓的颜色，暂得保存，不即与群叶一同飘散罢。

但今夜他却黄蜡似的躺在我的眼前，那眸子也不复似去年一般灼灼。假使再过几年，旧时的颜色在我记忆中消去，怕连我也不知道他何以夹在书里面的原因了。将坠的病叶的斑斓，似乎也只能在极短时中相对，更何况是葱郁的呢。看看窗外，很能耐寒的树木也早经秃尽了，枫树更何消说得。当深秋时，想来也许有和这去年的模样相似的病叶的罢，但可惜我今年竟没有赏玩秋树的余闲。

一九二五年十二月二十六日

读与思

在我们的生活中，“旧物”是一种特殊的存在。几乎每一件“旧物”都见证了我们的某一段过往，留下了我们的某一段回忆。偶尔翻起某件旧物，就好像重遇了当年风景、旧时心情。你的身边有没有这样的“旧物”，它又记录了怎样的故事呢？不妨和朋友交流一下。

一件小事

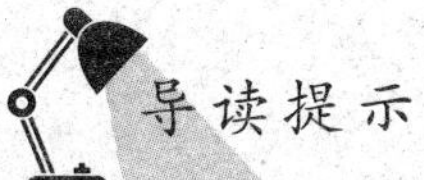

如题目所写的一样，写了一件小事，按照现在的话来讲，这是一个民国版“打车”的故事，文章把车夫的负责任和“我”的自私强烈对比，表现了“我”的渺小和车夫的豁达，以间接而含蓄的笔墨突出了劳动者的朴实无私。

文章篇幅短小精悍，内容意味深长，在五四运动时期，具有深远的社会意义。

我从乡下跑到京城里，一转眼已经六年了。其间耳闻目睹的所谓国家大事，算起来也很不少；但在我心里，都不留什么痕迹，倘要我寻出这些事的影响来说，便只是增长了我的坏脾气——老实说，便是教我一天比一天的看不起人。

但有一件小事，却于我有意义，将我从坏脾气里拖开，使我至今忘记不得。

这是民国六年[1]的冬天，大北风刮得正猛，我因为生计关系，不得不一早在路上走。一路几乎遇不见人，好容易才雇定了一辆人力车，教他拉到S门去。不一会，北风小了，路上浮尘早已刮净，剩下一条洁白的大道来，车夫也跑得更快。刚近S门，忽而车把上带着一个人，慢慢地倒了。

跌倒的是一个女人，花白头发，衣服都很破烂。伊从马路边上突然向车前横截过来；车夫已经让开道，但伊的破棉背心没有上扣，微风吹着，向外展开，所以终于兜着车把。幸而车夫早有点停步，否则伊定要栽一个大筋斗，跌到头破血出了。

---

[1] 即一九一七年。

伊伏在地上，车夫便也立住脚。我料定这老女人并没有伤，又没有别人看见，便很怪他多事，要自己惹出是非，也误了我的路。

我便对他说：“没有什么的。走你的罢！”

车夫毫不理会——或者并没有听到——却放下车子，扶那老女人慢慢起来，搀着臂膊立定，问伊说：

“您怎么啦？”

“我摔坏了。”

我想，我眼见你慢慢倒地，怎么会摔坏呢，装腔作势罢了，这真可憎恶。车夫多事，也正是自讨苦吃，现在你自己想法去。

车夫听了这老女人的话，却毫不踌躇，仍然搀着伊的臂膊，便一步一步地向前走。我有些诧异，忙看前面，是一所巡警分驻所，大风之后，外面也不见人。这车夫扶着那老女人，便正是向那大门走去。

我这时突然感到一种异样的感觉，觉得他满身灰尘的后影，霎时高大了，而且愈走愈大，须仰视才见。而且他对于我，渐渐地又几乎变成一种威压，甚而至于要榨出皮袍下面藏着的“小”来。

我的活力这时大约有些凝滞了，坐着没有动，也没有想，直到看见分驻所里走出一个巡警，才下了车。

巡警走近我说：“你自己雇车罢，他不能拉你了。”

我没有思索地从外套袋里抓出一大把铜圆，交给巡警，说：“请你给他……”

风全住了，路上还很静。我走着，一面想，几乎怕敢想到自己。以前的事姑且搁起，这一大把铜元又是什么意思？奖他么？我还能裁判车夫么？我不能回答自己。

这事到了现在，还是时时记起。我因此也时时熬了苦痛，努力地要想到我自己。几年来的文治武力，在我早如幼小时候所读过的“子曰诗云”一般，背不上半句了。独有这一件小事，却总是浮在我眼前，有时反更分明，教我惭愧，催我自新，并且增长我的勇气和希望。

一九二〇年七月

读与思

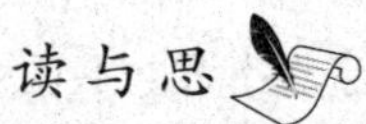

在我们的生活中，有些人看不起那些普通的劳动者，比如快递小哥、清洁工阿姨等，但他们往往吃苦耐劳，默默无闻地做出了很多有利于人们的事情。是的，人人都是平等的，世界上最宝贵的不是金钱，而是品质。你是怎样看待这个问题的？不妨和朋友讨论一下。

头发的故事

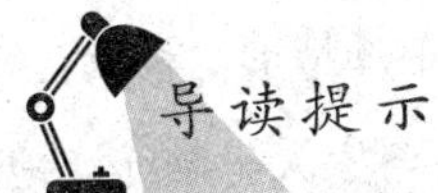

这篇小说有两个人物："我"和"N先生"。这两个人物之间并没有什么故事情节，通篇几乎是N先生一个人的独白，夹叙夹议，声情并茂。

文章的巧妙之处就在于作者借主人公之口说出了自己的感受，增强故事性，也使人物语言更自由更个性。

星期日的早晨，我揭去一张隔夜的日历，向着新的那一张上看了又看地说："啊，十月十日，——今天原来正是双十节。这里却一点没有记载！"❶

我的一位前辈先生N，正走到我的寓里来谈闲天，一听这

❶双十节：一九一一年十月十日孙中山领导的革命党举行了武昌起义（即辛亥革命），次年一月一日建立中华民国，九月二十八日临时参议院议决十月十日为国庆纪念日，又称"双十节"。

话，便很不高兴地对我说："他们对！他们不记得，你怎样他；你记得，又怎样呢？"

这位N先生本来脾气有点乖张，时常生些无谓的气，说些不通世故的话。当这时候，我大抵任他自言自语，不赞一辞；他独自发完议论，也就算了。

他说：

"我最佩服北京双十节的情形。早晨，警察到门，吩咐道'挂旗！''是，挂旗！'各家大半懒洋洋地踱出一个国民来，撅起一块斑驳陆离的洋布❷。这样一直到夜，收了旗关门；几家偶然忘却的，便挂到第二天的上午。

"他们忘却了纪念，纪念也忘却了他们！

"我也是忘却了纪念的一个人。倘使纪念起来，那第一个双十节前后的事，便都上我的心头，使我坐立不稳了。

"多少故人的脸，都浮在我眼前。几个少年辛苦奔走了十多年，暗地里一颗弹丸要了他的性命；几个少年一击不中，在监牢里身受一个多月的苦刑；几个少年怀着远志，忽然踪影全无，连尸首也不知那里去了。……

"他们都在社会的冷笑恶骂迫害倾陷里过了一生，现在他们的坟墓也早在忘却里渐渐平塌下去了。

"我不堪纪念这些事。

---

❷斑驳陆离的洋布：指辛亥革命后至一九二七年这一时期的国旗。

“我们还是记起一点得意的事来谈谈罢。”

N忽然现出笑容，伸手在自己头上一摸，高声说：

“我最得意的是自从第一个双十节以后，我在路上走，不再被人笑骂了。

“老兄，你可知道头发是我们中国人的宝贝和冤家，古今来多少人在这上头吃些毫无价值的苦呵！

“我们的很古的古人，对于头发似乎也还看轻。据刑法看来，最要紧的自然是脑袋，所以大辟是上刑；次要便是生殖器

了，所以宫刑和幽闭也是一件吓人的罚；至于髡[3]，那是微乎其微了，然而推想起来，正不知道曾有多少人们因为光着头皮便被社会践踏了一生世。

“我们讲革命的时候，大谈什么扬州十日，嘉定屠城[4]，其实也不过一种手段；老实说：那时中国人的反抗，何尝因为亡国，只是因为拖辫子。

“顽民杀尽了，遗老都寿终了，辫子早留定了，洪杨又闹起来了。我的祖母曾对我说，那时做百姓才难哩，全留着头发的被官兵杀，还是辫子的便被‘长毛’[5]杀！

“我不知道有多少中国人只因为这不痛不痒的头发而吃苦，受难，灭亡。”

N两眼望着屋梁，似乎想些事，仍然说：

“谁知道头发的苦轮到我了。

“我出去留学，便剪掉了辫子，这并没有别的奥妙，只为他太不便当罢了。不料有几位辫子盘在头顶上的同学们便很厌恶我；监督也大怒，说要停了我的官费，送回中国去。

“不几天，这位监督却自己被人剪去辫子逃走了。去剪的

---

[3] 古代剃去男子头发的一种刑罚。

[4] 扬州十日，嘉定屠城，指清朝顺治二年（1645），清军攻破扬州城后对城中平民进行大屠杀的事件。

[5] 指太平军。因太平军反抗“清政府”剃发留辫的规定，一律蓄发，故称“长毛”。

人们里面，一个便是做《革命军》的邹容，这人也因此不能再留学，回到上海来，后来死在西牢里。你也早已忘却了罢？

“过了几年，我的家景大不如前了，非谋点事做便要受饿，只得也回到中国来。我一到上海，便买定一条假辫子，那时是二元的市价，带着回家。我的母亲倒也不说什么，然而旁人一见面，便都首先研究这辫子，待到知道是假，就一声冷笑，将我拟为杀头的罪名；有一位本家，还预备去告官，但后来因为恐怕革命党的造反或者要成功，这才中止了。

“我想，假的不如真的直截爽快，我便索性废了假辫子，穿着西装在街上走。

“一路走去，一路便是笑骂的声音，有的还跟在后面骂：‘这冒失鬼！’‘假洋鬼子！’

“我于是不穿洋服了，改了大衫，他们骂得更厉害。

“在这日暮途穷的时候，我的手里才添出一支手杖来，拼命地打了几回，他们渐渐的不骂了。只是走到没有打过的生地方还是骂。

“这件事很使我悲哀，至今还时时记得哩。我在留学的时候，曾经看见日报上登载一个游历南洋和中国的本多博士的事。这位博士是不懂中国和马来语的，人问他，你不懂话，怎么走路呢？他拿起手杖来说，这便是他们的话，他们都懂！我因此气愤了好几天，谁知道我竟不知不觉地自己也做了，而且那些人都懂了。……

“宣统初年，我在本地的中学校做监学，同事是避之唯恐不远，官僚是防之唯恐不严，我终日如坐在冰窖子里，如站在刑场旁边，其实并非别的，只因为缺少了一条辫子！

“有一日，几个学生忽然走到我的房里来，说：‘先生，我们要剪辫子了。’我说：‘不行！’‘有辫子好呢，没有辫子好呢？’‘没有辫子好……’‘你怎么说不行呢？’‘犯不上，你们还是不剪上算，——等一等罢。’他们不说什么，噘着嘴唇走出房去；然而终于剪掉了。

“呵！不得了了，人言啧啧了；我却只装作不知道，一任他们光着头皮，和许多辫子一齐上讲堂。

“然而这剪辫病传染了。第三天，师范学堂的学生忽然也剪下了六条辫子，晚上便开除了六个学生。这六个人，留校不能，回家不得，一直挨到第一个双十节之后又一个多月，才消去了犯罪的火烙印。

“我呢？也一样，只是元年冬天到北京，还被人骂过几次，后来骂我的人也被警察剪去了辫子，我就不再被人辱骂了；但我没有到乡间去。”

N显出非常得意模样，忽而又沉下脸来：

“现在你们这些理想家，又在那里嚷什么女子剪发了，又要造出许多毫无所得而痛苦的人！

“现在不是已经有剪掉头发的女人，因此考不进学校去，或者被学校除了名么？

“改革么，武器在那里？工读么，工厂在那里？

“仍然留起，嫁给人家做媳妇去：忘却了一切还是幸福，倘使伊记着些平等自由的话，便要苦痛一生世！

“我要借了阿尔志跋绥夫[6]的话问你们：你们将黄金时代的出现预约给这些人们的子孙了，但有什么给这些人们自己呢？

“阿，造物的皮鞭没有到中国的脊梁上时，中国便永远是这一样的中国，决不肯自己改变一支毫毛！

“你们的嘴里既然并无毒牙，何以偏要在额上帖起‘蝮蛇’两个大字，引乞丐来打杀？……”

N愈说愈离奇了，但一见到我不很愿听的神情，便立刻闭了口，站起来取帽子。

我说：“回去么？”

他答道：“是的，天要下雨了。”

我默默地送他到门口。

他戴上帽子说：

“再见！请你恕我打搅，好在明天便不是双十节，我们统可以忘却了。”

一九二〇年十月

---

[6]阿尔志跋绥夫（1878—1927），俄国小说家。“十月革命”后逃亡国外，死于波兰华沙。

读与思

这篇小说以辛亥革命为创作背景。当时变革的初衷自然是好的，然而到最后真正需要扫除的封建顽固势力却仍然存在，革掉的仅仅是一条辫子，人们从心态上、认识上，并没有什么实质性的改变，这种只重形式、不重实质的变革只能注定失败。结合中国近现代史相关知识，你有什么看法，又能够从中得到什么启发和思考呢？

明天

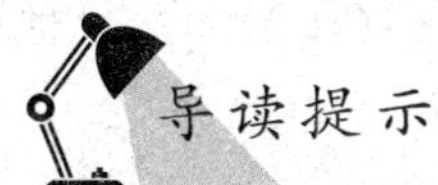

这是一篇值得反复阅读与思考的小说，作者通过对主人公寡妇单四嫂子为救治儿子，在希望与绝望中沉浮颠簸，生活中唯一的重心便是儿子的治疗，无论是求神、许愿、吃偏方、请何小仙医治。虽然主人公单四嫂子拖着美好的忐忑的希望，但是却没能如愿，儿子最终还是死了。

文章里的很多细节，冰冷、现实、无奈，让人对主人公产生恻隐之心。“呜呜地唱着小曲”“四寸多长的指甲”……作者通过多处细节描写抨击了黑暗社会吃人的本质和人们的麻木和冷漠。

“没有声音，——小东西怎了？”

红鼻子老拱手里擎了一碗黄酒，说着，向间壁努一努嘴。蓝皮阿五便放下酒碗，在他脊梁上用死劲地打了一掌，含含糊糊嚷道：

“你……你你又在想心思……”

原来鲁镇是僻静地方，还有些古风：不上一更，大家便都关门睡觉。深更半夜没有睡的只有两家：一家是咸亨酒店，几个酒肉朋友围着柜台，吃喝得正高兴；一家便是间壁的单四嫂子，她自从前年守了寡，便须专靠着自己的一双手纺出棉纱来，养活她自己和她三岁的儿子，所以睡得也迟。

这几天，确凿没有纺纱的声音了。但夜深没有睡的既然只有两家，这单四嫂子家有声音，便自然只有老拱们听到，没有声音，也只有老拱们听到。

老拱挨了打，仿佛很舒服似的喝了一大口酒，呜呜地唱起小曲来。

这时候，单四嫂子正抱着他的宝儿，坐在床沿上，纺车静静地立在地上。黑沉沉的灯光，照着宝儿的脸，绯红里带一点青。单四嫂子心里计算：神签也求过了，愿心也许过了，单方也吃过了，要是还不见效，怎么好？——那只有去诊何小仙了。但宝儿也许是日轻夜重，到了明天，太阳一出，热也会退，气喘也会平的：这实在是病人常有的事。

单四嫂子是一个粗笨女人，不明白这“但”字的可怕：许多坏事固然幸亏有了他才变好，许多好事却也因为有了他都弄糟。夏天夜短，老拱们呜呜地唱完了不多时，东方已经发白；不一会，窗缝里透进了银白色的曙光。

单四嫂子等候天明，却不像别人这样容易，觉得非常

之慢，宝儿的一呼吸，几乎长过一年。现在居然明亮了；天的明亮，压倒了灯光，——看见宝儿的鼻翼，已经一放一收地扇动。

单四嫂子知道不妙，暗暗叫一声“阿呀！”心里计算：怎么好？只有去诊何小仙这一条路了。她虽然是粗笨女人，心里却有决断，便站起身，从木柜子里掏出每天节省下来的十三个小银元 和一百八十铜钱，都装在衣袋里，锁上门，抱着宝儿直向何家奔过去。

天气还早，何家已经坐着四个病人了。她摸出四角银元，买了号签，第五个便轮到宝儿。何小仙伸开两个指头按脉，指甲足有四寸多长，单四嫂子暗地纳罕，心里计算：宝儿该有活命了。但总免不了着急，忍不住要问，便局局促促地说：

“先生，——我家的宝儿什么病呀？”

“他中焦塞着。”

“不妨事么？他……”

“先去吃两帖。”

“他喘不过气来，鼻翅子都扇着呢。”

“这是火克金……”

何小仙说了半句话，便闭上眼睛；单四嫂子也不好意思再问。在何小仙对面坐着的一个三十多岁的人，此时已经开好一张药方，指着纸角上的几个字说道：

“这第一味保婴活命丸，须是贾家济世老店才有！”

单四嫂子接过药方，一面走，一面想。她虽是粗笨女人，却知道何家与济世老店与自己的家，正是一个三角点——自然是买了药回去便宜了。于是又径向济世老店奔过去。店伙也翘了长指甲慢慢地看方，慢慢地包药。单四嫂子抱了宝儿等着，宝儿忽然擎起小手来，用力拔他散乱着的一绺头发，这是从来没有的举动，单四嫂子怕得发怔。

太阳早出了。单四嫂子抱了孩子，带着药包，越走觉得越重；孩子又不住地挣扎，路也觉得越长。没奈何坐在路旁一家公馆的门槛上，休息了一会，衣服渐渐地冰着肌肤，才知道自己出了一身汗；宝儿却仿佛睡着了。她再起来慢慢地走，仍然支撑不得，耳朵边忽然听得人说：

“单四嫂子，我替你抱勃罗！”似乎是蓝皮阿五的声音。

她抬头看时，正是蓝皮阿五，睡眼朦胧地跟着她走。

单四嫂子在这时候，虽然很希望降下一员天将，助他一臂之力，却不愿是阿五。但阿五有点侠气，无论如何，总是偏要帮忙，所以推让了一会，终于得了许可了。他便伸开臂膊，从单四嫂子的乳房和孩子之间，直伸下去，抱去了孩子。单四嫂子便觉乳房上发了一条热，刹时间直热到脸上和耳根。

他们两人离开了二尺五寸多地，一同走着。阿五说些话，单四嫂子却大半没有答。走了不多时候，阿五又将孩子还给他，说是昨天与朋友约定的吃饭时候到了，单四嫂子便接了孩子。幸而不远便是家，早看见对门的王九妈在街边坐着，远远地说话：

“单四嫂子，孩子怎了？——看过先生了么？”

“看是看了。——王九妈，你有年纪，见的多，不如请你老法眼看一看，怎样……”

“唔……”

“怎样……？”

“唔……”王九妈端详了一番，把头点了两点，摇了两摇。

宝儿吃下药，已经是午后了。单四嫂子留心看他神情，似乎仿佛平稳了不少；到得下午，忽然睁开眼叫一声“妈！”又仍然合上眼，像是睡去了。他睡了一刻，额上鼻尖都沁出一粒一粒的汗珠，单四嫂子轻轻一摸，胶水般粘着手；慌忙去摸胸口，便禁不住呜咽起来。

宝儿的呼吸从平稳变到没有，单四嫂子的声音也就从呜咽变成号啕。这时聚集了几堆人：门内是王九妈蓝皮阿五之类，门外是咸亨的掌柜和红鼻子老拱之类。王九妈便发命令，烧了一串纸钱；又将两条板凳和五件衣服作抵，替单四嫂子借了两块洋钱，给帮忙的人备饭。

第一个问题是棺木。单四嫂子还有一副银耳环和一支裹金的银簪，都交给了咸亨的掌柜，托他作一个保，半现半赊地买一具棺木。蓝皮阿五也伸出手来，很愿意自告奋勇；王九妈却不许他，只准他明天抬棺材的差使，阿五骂了一声“老畜生”，快快地努了嘴站着。掌柜便自去了；晚上回来，说棺木须得现做，后半夜才成功。

掌柜回来的时候，帮忙的人早吃过饭。因为鲁镇还有些古风，所以不上一更，便都回家睡觉了。只有阿五还靠着咸亨的柜台喝酒，老拱也呜呜地唱。

这时候，单四嫂子坐在床沿上哭着，宝儿在床上躺着，纺车静静地在地上立着。许多工夫，单四嫂子的眼泪宣告完结了，眼睛张得很大，看看四面的情形，觉得奇怪：所有的都是不会有的事。她心里计算：不过是梦罢了，这些事都是梦。明天醒过来，自己好好地睡在床上，宝儿也好好地睡在自己身边。他也醒过来，叫一声“妈”，生龙活虎似的跳去玩了。

老拱的歌声早已寂静，咸亨也熄了灯。单四嫂子张着眼，总不信所有的事。——鸡也叫了，东方渐渐发白，窗缝里透进了银白色的曙光。

银白的曙光又渐渐显出绯红，太阳光接着照到屋脊。单四嫂子张着眼，呆呆坐着，听得打门声音，才吃了一惊，跑出去开门。门外一个不认识的人，背了一件东西；后面站着王九妈。

哦，他们背了棺材来了。

下半天，棺木才合上盖：因为单四嫂子哭一回，看一回，总不肯死心塌地地盖上；幸亏王九妈等得不耐烦，气愤愤地跑上前，一把拖开她，才七手八脚地盖上了。

但单四嫂子待他的宝儿，实在已经尽了心，再没有什么缺陷。昨天烧过一串纸钱，上午又烧了四十九卷《大悲咒》；收敛的时候，给他穿上顶新的衣裳，平日喜欢的玩意儿—— 一个泥人，两个小木碗，两个玻璃瓶——都放在枕头旁边。后来王九妈掐着指头仔细推敲，也终于想不出一些什么缺陷。

这一日里，蓝皮阿五简直整天没有到；咸亨掌柜便替单四嫂子雇了两名脚夫，每名二百另十个大钱，抬棺木到义冢地上安放；王九妈又帮她煮了饭，凡是动过手开过口的人都吃了饭。太阳渐渐显出要落山的颜色，吃过饭的人也不觉都显出要回家的颜色——于是他们终于都回了家。

单四嫂子很觉得头眩，歇息了一会，倒居然有点平稳了。但她接连着便觉得很异样：遇到了平生没有遇到过的事，不像会有的事，然而的确出现了。她越想越奇，又感到一件异样的事——这屋子忽然太静了。

她站起身，点上灯火，屋子越显得静。她昏昏地走去关上门，回来坐在床沿上，纺车静静地立在地上。她定一定神，四面一看，更觉得坐立不得，屋子不但太静，而且也太大了，东西也太空了。太大的屋子四面包围着她，太空的东西四面压着她，叫她喘气不得。

她现在知道她的宝儿确乎死了。不愿意见这屋子，吹熄了灯，躺着。她一面哭，一面想：想那时候，自己纺着棉纱，宝儿坐在身边吃茴香豆，瞪着一双小黑眼睛想了一刻，便说："妈！爹卖馄饨，我大了也卖馄饨，卖许多许多钱，——我都给你。"那时候，真是连纺出的棉纱，也仿佛寸寸都有意思，寸寸都活着。但现在怎么了？现在的事，单四嫂子却实在没有想到什么。——我早就说过，她是粗笨女人。她能想出什么

呢？她单觉得这屋子太静，太大，太空罢了。

但单四嫂子虽然粗笨，却知道还魂是不能有的事，她的宝儿也的确不能再见了。叹一口气，自言自语地说："宝儿，你该还在这里，你给我梦里见见罢。"于是合上眼，想赶快睡去，会她的宝儿，苦苦的呼吸通过了静和大和空虚，自己听得明白。

单四嫂子终于朦朦胧胧地走入睡乡，全屋子都很静。这时红鼻子老拱的小曲，也早已唱完，踉踉跄跄出了咸亨，却又提尖了喉咙，唱道：

"我的冤家呀！——可怜你，——孤零零的……"

蓝皮阿五便伸手揪住了老拱的肩头，两个人七歪八斜地笑着挤着走去。

单四嫂子早睡着了，老拱们也走了，咸亨也关上门了。这时的鲁镇，便完全落在寂静里。只有那暗夜为想变成明天，却仍在这寂静里奔波；另有几条狗，也躲在暗地里呜呜地叫。

一九二〇年六月

读与思

旧时街坊邻居住在一起，平时来往密切，显得亲近热闹，但少了一点隐私的空间；现在人们住在钢筋水泥铸就的高楼里，每个人都相对独立、足够隐私，但又显得有些冷清和淡漠。你觉得应该怎样把握邻里交往的分寸呢？不妨和朋友讨论一下。

社戏

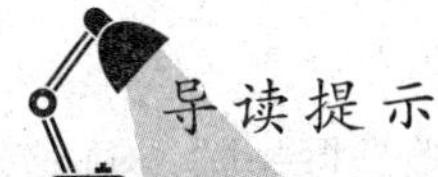

导读提示

《社戏》描写了作者幼时一段看社戏的往事。文章通过“我”和少年伙伴们夏夜行船、船头看戏、月下归航等情节的描写，展示了一段天真烂漫、童趣盎然的江南水乡文化生活经历。

文章的景物描写极具特色，作者采用写意笔法，从色彩、气味和声响等方面入手，情景交融、生动传神。

我们鲁镇的习惯，本来是凡有出嫁的女儿，倘自己还未当家，夏间便大抵回到母家去消夏。那时我的祖母虽然还康健，但母亲也已分担了些家务，所以夏期便不能多日地归省了，只得在扫墓完毕之后，抽空去住几天，这时我便每年跟了我的母亲住在外祖母的家里。那地方叫平桥村，是一个离海边不远，极偏僻的，临河的小村庄；住户不满三十家，都种田，打鱼，只有一家很小的杂货店。但在我是乐土：因为我在这里不但得到优待，又可以免念“秩秩斯干幽幽南山”了。

和我一同玩的是许多小朋友，因为有了远客，他们也都从父母那里得了减少工作的许可，伴我来游戏。在小村里，一家的客，几乎也就是公共的。我们年纪都相仿，但论起行辈来，却至少是叔子，有几个还是太公，因为他们合[1]村都同姓，是本家。然而我们是朋友，即使偶而吵闹起来，打了太公，一村的老老小小，也决没有一个会想出“犯上”这两个字来，而他们也百分之九十九不识字。

我们每天的事情大概是掘蚯蚓，掘来穿在铜丝做的小钩上，伏在河沿上去钓虾。虾是水世界里的呆子，决不惮用了自己的两个钳捧着钩尖送到嘴里去的，所以不半天便可以钓到一大碗。这虾照例是归我吃的。其次便是一同去放牛，但或者因为高等动物了的缘故罢，黄牛水牛都欺生，敢于欺侮我，因此我也总不敢走近身，只好远远地跟着，站着。这时候，小朋友们便不再原谅我会读“秩秩斯干”，却全都嘲笑起来了。

至于我在那里所第一盼望的，却在到赵庄去看戏。赵庄是离平桥村五里的较大的村庄；平桥村太小，自己演不起戏，每年总付给赵庄多少钱，算作合做的。当时我并不想到他们为什么年年要演戏。现在想，那或者是春赛，是社戏[2]了。

就在我十一二岁时候的这一年，这日期也看看等到了。不

[1] 同“阖”。

[2] “社”在绍兴是一种区域名称。社戏就是社中所演的“年规戏”。

料这一年真可惜，在早上就叫不到船。平桥村只有一只早出晚归的航船是大船，决没有留用的道理。其余的都是小船，不合用；央人到邻村去问，也没有，早都给别人定下了。外祖母很气恼，怪家里的人不早定，絮叨起来。母亲便宽慰伊，说我们鲁镇的戏比小村里的好得多，一年看几回，今天就算了。只有我急得要哭，母亲却竭力地嘱咐我，说万不能装模装样，怕又招外祖母生气，又不准和别人一同去，说是怕外祖母要担心。

总之，是完了。到下午，我的朋友都去了，戏已经开场了，我似乎听到锣鼓的声音，而且知道他们在戏台下买豆浆喝。

这一天我不钓虾，东西也少吃。母亲很为难，没有法子想。到晚饭时候，外祖母也终于觉察了，并且说我应当不高兴，他们太怠慢，是待客的礼数里从来所没有的。吃饭之后，看过戏的少年们也都聚拢来了，高高兴兴地来讲戏。只有我不开口，他们都叹息而且表同情。忽然间，一个最聪明的双喜大悟似的提议了，他说："大船？八叔的航船不是回来了么？"十几个别的少年也大悟，立刻撺掇起来，说可以坐了这航船和我一同去。我高兴了。然而外祖母又怕都是孩子们，不可靠；母亲又说是若叫大人一同去，他们白天全有工作，要他熬夜，是不合情理的。在这迟疑之中，双喜可又看出底细来了，便又大声地说道："我写包票！船又大；迅哥儿向来不乱跑；我们又都是识水性的！"

诚然！这十多个少年，委实没有一个不会凫水的，而且两三个还是弄潮的好手。

外祖母和母亲也相信，便不再驳回，都微笑了。我们立刻一哄地出了门。

我的很重的心忽而轻松了，身体也似乎舒展到说不出的大。一出门，便望见月下的平桥内泊着一只白篷的航船，大家跳下船，双喜拔前篙，阿发拔后篙，年幼的都陪我坐在舱中，较大的聚在船尾。母亲送出来吩咐“要小心”的时候，我们已经点开船，在桥石上一磕，退后几尺，即又上前出了桥。于是架起两支橹，一支两人，一里一换，有说笑的，有嚷的，夹着潺潺的船头激水的声音，在左右都是碧绿的豆麦田地的河流中，飞一般径向赵庄前进了。

两岸的豆麦和河底的水草所发散出来的清香，夹杂在水气中扑面地吹来，月色便朦胧在这水气里。淡黑的起伏的连山，仿佛是踊跃的铁的兽脊似的，都远远地向船尾跑去了，但我却还以为船慢。他们换了四回手，渐望见依稀的赵庄，而且似乎听到歌吹了，还有几点火，料想便是戏台，但或者也许是渔火。

那声音大概是横笛，宛转，悠扬，使我的心也沉静，然而又自失起来，觉得要和他弥散在含着豆麦蕴藻之香的夜气里。

那火接近了，果然是渔火，我才记得先前望见的也不是赵庄。那是正对船头的一丛松柏林，我去年也曾经去游玩过，还看见破的石马倒在地下，一个石羊蹲在草里呢。过了那林，船便弯进了叉港，于是赵庄便真在眼前了。

最惹眼的是屹立在庄外临河的空地上的一座戏台，模糊在远处的月夜中，和空间几乎分不出界限，我疑心画上见过的仙境，就在这里出现了。这时船走得更快，不多时，在台上显出人物来，红红绿绿的动，近台的河里一望乌黑的是看戏的人家的船篷。

“近台没有什么空了，我们远远地看罢。”阿发说。

这时船慢了，不久就到，果然近不得台旁，大家只能下了篙，比那正对戏台的神棚还要远。其实我们这白篷的航船，本也不愿意和乌篷的船在一处，而况没有空地呢……

在停船的匆忙中，看见台上有一个黑的长胡子的背上插着四张旗，捏着长枪，和一群赤膊的人正打仗。双喜说，那就是有名的铁头老生，能连翻八十四个筋斗，他日里亲自数过的。

我们便都挤在船头上看打仗，但那铁头老生却又并不翻筋斗，只有几个赤膊的人翻，翻了一阵，都进去了，接着走出一个小旦来，咿咿呀呀地唱。双喜说：“晚上看客少，铁头老生也懈了，谁肯显本领给白地看呢？”我相信这话对，因为其时台下已经不很有人，乡下人为了明天的工作，熬不得夜，早都睡觉去了，疏疏朗朗地站着的不过是几十个本村和邻村的闲汉。乌篷船里的那些土财主的家眷固然在，然而他们也不在乎看戏，多半是专到戏台下来吃糕饼水果和瓜子的。所以简直可以算白地。

然而我的意思却也并不在乎看翻筋斗。我最愿意看的是一个人蒙了白布，两手在头上捧着一支棒似的蛇头的蛇精，其次是套了黄布衣跳老虎。但是等了许多时都不见，小旦虽然进去了，立刻又出来了一个很老的小生。我有些疲倦了，托桂生买豆浆去。他去了一刻，回来说："没有。卖豆浆的聋子也回去了。日里倒有，我还喝了两碗呢。现在去舀一瓢水来给你喝罢。"

我不喝水，支撑着仍然看，也说不出见了些什么，只觉得戏子的脸都渐渐的有些稀奇了，那五官渐不明显，似乎融成一片的再没有什么高低。年纪小的几个多打呵欠了，大的也各管自己谈话。忽而一个红衫的小丑被绑在台柱子上，给一个花白胡子的用马鞭打起来了，大家才又振作精神地笑着看。在这一夜里，我以为这实在要算是最好的一折。

然而老旦终于出台了。老旦本来是我所最怕的东西，尤其是怕他坐下了唱。这时候，看见大家也都很扫兴，才知道他们的意见是和我一致的。那老旦当初还只是踱来踱去地唱，后来竟在中间的一把交椅上坐下了。我很担心，双喜他们却就破口喃喃地骂。我忍耐地等着，许多工夫，只见那老旦将手一抬，我以为就要站起来了，不料他却又慢慢地放下在原地方，仍旧唱。全船里几个人不住地吁气，其余的也打起呵欠来。双喜终于熬不住了，说道，怕他会唱到天明还不完，还是我们走的好罢。大家立刻都赞成，和开船时候一样踊跃，三四人径奔船尾，拔了篙，点退几丈，回转船头，驾起橹，骂着老旦，又向那松柏林前进了。

月还没有落，仿佛看戏也并不很久似的，而一离赵庄，月光又显得格外的皎洁。回望戏台在灯火光中，却又如初来未到时候一般，又缥缈得像一座仙山楼阁，满被红霞罩着了。吹到耳边来的又是横笛，很悠扬；我疑心老旦已经进去了，但也不好意思说再回去看。

不多久，松柏林早在船后了，船行也并不慢，但周围的黑暗只是浓，可知已经到了深夜。他们一面议论着戏子，或骂，或笑，一面加紧地摇船。这一次船头的激水声更其响亮了，那航船，就像一条大白鱼背着一群孩子在浪花里蹿，连夜渔的几个老渔父，也停了艇子看着喝彩起来。

离平桥村还有一里模样，船行却慢了，摇船的都说很疲乏，因为太用力，而且许久没有东西吃。这回想出来的是桂生，说是罗汉豆正旺相，柴火又现成，我们可以偷一点来煮吃。大家都赞成，立刻近岸停了船；岸上的田里，乌油油的便都是结实的罗汉豆。

“阿阿，阿发，这边是你家的，这边是老六一家的，我们偷那一边的呢？”双喜先跳下去了，在岸上说。

我们也都跳上岸。阿发一面跳，一面说道：“且慢，让我来看一看罢。”他于是往来地摸了一回，直起身来说道：“偷我们的罢，我们的大得多呢。”一声答应，大家便散开在阿发家的豆田里，各摘了一大捧，抛入船舱中。双喜以为再多偷，倘给阿发的娘知道是要哭骂的，于是各人便到六一公公的田里又各偷了一大捧。

我们中间几个年长的仍然慢慢地摇着船，几个到后舱去生火，年幼的和我都剥豆。不久豆熟了，便任凭航船浮在水面上，都围起来用手撮着吃。吃完豆，又开船，一面洗器具，豆荚豆壳全抛在河水里，什么痕迹也没有了。双喜所虑的是用了

八公公船上的盐和柴，这老头子很细心，一定要知道，会骂的。然而大家议论之后，归结是不怕。他如果骂，我们便要他归还去年在岸边拾去的一枝枯柏树，而且当面叫他“八癞子”。

“都回来了！那里会错。我原说过写包票的！”双喜在船头上忽而大声地说。

我向船头一望，前面已经是平桥。桥脚上站着一个人，却是我的母亲，双喜便是对伊说着话。我走出前舱去，船也就进了平桥了，停了船，我们纷纷都上岸。母亲颇有些生气，说是过了三更了，怎么回来得这样迟，但也就高兴了，笑着邀大家去吃炒米。

大家都说已经吃了点心，又瞌睡，不如及早睡的好，各自回去了。

第二天，我晌午才起来，并没有听到什么关系八公公盐柴事件的纠葛，下午仍然去钓虾。

“双喜，你们这班小鬼，昨天偷了我的豆了罢？又不肯好好地摘，踏坏了不少。”我抬头看时，是六一公公棹着小船，卖了豆回来了，船肚里还有剩下的一堆豆。

“是的。我们请客。我们当初还不要你的呢。你看，你把我的虾吓跑了！”双喜说。

六一公公看见我，便停了楫，笑道：“请客？——这是应该的。”于是对我说：“迅哥儿，昨天的戏可好么？”

我点一点头，说道：“好。”

“豆可中吃呢？”

我又点一点头，说道：“很好。”

不料六一公公竟非常感激起来，将大拇指一翘，得意地说道：“这真是大市镇里出来的读过书的人才识货！我的豆种是粒粒挑选过的，乡下人不识好歹，还说我的豆比不上别人的呢。我今天也要送些给我们的姑奶奶尝尝去……”他于是打着楫子过去了。

待到母亲叫我回去吃晚饭的时候，桌上便有一大碗煮熟了的罗汉豆，就是六一公公送给母亲和我吃的。听说他还对母亲极口夸奖我，说“小小年纪便有见识，将来一定要中状元。姑奶奶，你的福气是可以写包票的了”。但我吃了豆，却并没有昨夜的豆那么好。

真的，一直到现在，我实在再没有吃到那夜似的好豆，——也不再看到那夜似的好戏了。

一九二二年十月

读与思 

谁不忆童年？在那个无忧无虑，可以任性妄为的年龄充盈着幸福和快乐。日后回忆起来，对当时的人和事，都会有一种别样的情感。在你的童年岁月里，发生了哪些有趣的故事，又有哪些有趣的小伙伴呢？不妨和朋友讨论一下。

端午节

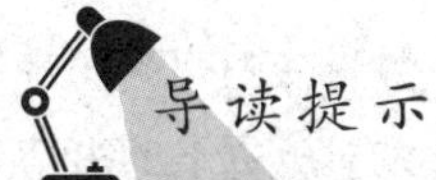

方玄绰，一个佯装进步，有样学样的旧派知识分子，其实在骨子里是不认同进步和落后的，这个方玄绰便是我们的《端午节》的主人公。鲁迅先生通过轻松、幽默的讽刺笔调把方玄绰的行为、语言和心理变化入木三分地刻画，让主人公自己的小丑表演来使读者发笑、沉思，达到了辛辣的讽刺效果。

方玄绰近来爱说“差不多”这一句话，几乎成了“口头禅”似的；而且不但说，的确也盘踞在他脑里了。他最初说的是“都一样”，后来大约觉得欠稳当了，便改为“差不多”，一直使用到现在。

他自从发见了这一句平凡的警句以后，虽然引起了不少的新感慨，同时却也得到许多新慰安。譬如看见老辈威压青年，在先是要愤愤的，但现在却就转念道，将来这少年有了儿孙时，大抵也要摆这架子的罢，便再没有什么不平了。又如看见

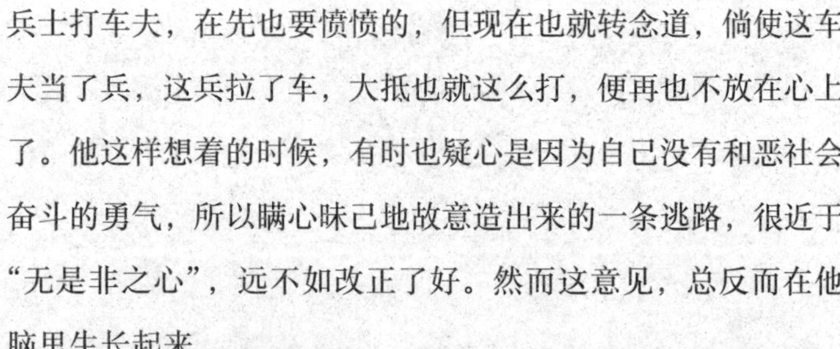

兵士打车夫，在先也要愤愤的，但现在也就转念道，倘使这车夫当了兵，这兵拉了车，大抵也就这么打，便再也不放在心上了。他这样想着的时候，有时也疑心是因为自己没有和恶社会奋斗的勇气，所以瞒心昧己地故意造出来的一条逃路，很近于“无是非之心”，远不如改正了好。然而这意见，总反而在他脑里生长起来。

他将这“差不多说”最初公表的时候是在北京首善学校的讲堂上，其时大概是提起关于历史上的事情来，于是说到“古今人不相远”，说到各色人等的“性相近”，终于牵扯到学生和官僚身上，大发其议论道：

“现在社会上时髦的都通行骂官僚，而学生骂得尤利害。然而官僚并不是天生的特别种族，就是平民变就的。现在学生出身的官僚就不少，和老官僚有什么两样呢？‘易地则皆然’，思想言论举动丰采都没有什么大区别……便是学生团体新办的许多事业，不是也已经难免出弊病，大半烟消火灭了么？差不多的。但中国将来之可虑就在此……”

散坐在讲堂里的二十多个听讲者，有的怅然了，或者是以为这话对；有的勃然了，大约是以为侮辱了神圣的青年；有几个却对他微笑了，大约以为这是他替自己的辩解：因为方玄绰就是兼做官僚的。

而其实却是都错误。这不过是他的一种新不平；虽说不平，又只是他的一种安分的空论。他自己虽然不知道是因为懒，还是因为无用，总之觉得是一个不肯运动，十分安分守己的人。总长冤他有神经病，只要地位还不至于动摇，他决不开一开口；教员的薪水欠到大半年了，只要别有官俸支持，他也决不开一开口。不但不开口，当教员联合索薪的时候，他还暗地里以为欠斟酌，太嚷嚷；直到听得同僚过分地奚落他们了，这才略有些小感慨，后来一转念，这或者因为自己正缺钱，而别的官并不兼做教员的缘故罢，于是也就释然了。

他虽然也缺钱，但从没有加入教员的团体内，大家议决罢课，可是不去上课了。政府说“上了课才给钱”，他才略恨他们的类乎用果子耍猴子。一个大教育家说道“教员一手挟书包一手要钱不高尚”，他才对于他的太太正式地发牢骚了。

“喂，怎么只有两盘？”听了“不高尚说”这一日的晚餐时候，他看着菜蔬说。

他们是没有受过新教育的，太太并无学名或雅号，所以也就没有什么称呼了，照老例虽然也可以叫“太太”，但他又不愿意太守旧，于是就发明了一个“喂”字。太太对他却连“喂”字也没有，只要脸向着他说话，依据习惯法，他就知道这话是对他而发的。

“可是上月领来的一成半都完了……昨天的米，也还是好容易才赊来的呢。”伊站在桌旁脸对着他说。

“你看，还说教书的要薪水是卑鄙哩。这种东西似乎连人要吃饭，饭要米做，米要钱买这一点粗浅事情都不知道……”

“对啦。没有钱怎么买米，没有米怎么煮……”

他两颊都鼓起来了，仿佛气恼这答案正和他的议论“差不多”，近乎随声附和模样；接着便将头转向另一面去了，依据习惯法，这是宣告讨论中止的表示。

待到凄风冷雨这一天，教员们因为向政府去索欠薪，在新华门前烂泥里被国军打得头破血出之后，倒居然也发了一点薪水。方玄绰不费举手之劳地领了钱，酌还些旧债，却还缺一大笔款，这是因为官俸也颇有些拖欠了。当是时，便是廉吏清官们也渐以为薪之不可不索，而况兼做教员的方玄绰，自然更表同情于学界起来，所以大家主张继续罢课的时候，他虽然仍未到场，事后却尤其心悦诚服地确守了公共的决议。

然而政府竟又付钱，学校也就开课了。但在前几天，却有学生总会上一个呈文给政府，说：“教员倘若不上课，便不要付欠薪。”这虽然并无效，而方玄绰却忽而记起前回政府所说的“上了课才给钱”的话来，“差不多”这一个影子在他眼前又一幌❶，而且并不消灭，于是他便在讲堂上公开发表了。

准此，可见如果将“差不多说”锻炼罗织起来，自然也可以判作一种挟带私心的不平，但总不能说是专为自己做官的辩解。只是每到这些时，他又常常喜欢拉上中国将来的命运之类的问题，一不小心，便连自己也以为是一个忧国的志士：人们

❶同“晃”，后文同。

是每苦于没有“自知之明”的。

但是“差不多”的事实又发生了，政府当初虽只不理那些招人头痛的教员，后来竟不理到无关痛痒的官吏，欠而又欠，终于逼得先前鄙薄教员要钱的好官，也很有几员化为索薪大会里的骁将了。唯有几种日报上却很发了些鄙薄讥笑他们的文字。方玄绰也毫不为奇，毫不介意，因为他根据了他的“差不多说”，知道这是新闻记者还未缺少润笔的缘故，万一政府或是阔人停了津贴，他们多半也要开大会的。

他既已表同情于教员的索薪，自然也赞成同寮的索俸，然而他仍安坐在衙门中，照例的并不一同去讨债。至于有人疑心他孤高，那可也不过是一种误解罢了。他自己说，他是自从出世以来，只有人向他来要债，他从没有向人去讨过债，所以这一端是“非其所长”。而且他最不敢见手握经济之权的人物，这种人待到失了权势之后，捧着一本《大乘起信论》讲佛学的时候，固然也很是“蔼然可亲”的了，但还在宝座上时，却总是一副阎王脸，将别人都当奴才看，自以为手操着你们这些穷小子们的生杀之权。他因此不敢见，也不愿见他们。这种脾气，虽然有时连自己也觉得是孤高，但往往同时也疑心这其实是没本领。

大家左索右索，总算一节一节地挨过去了，但比起先前来，方玄绰究竟是万分的拮据，所以使用的小厮和交易的店家不消说，便是方太太对于他也渐渐地缺了敬意，只要看伊近来不很附和，而且常常提出独创的意见，有些唐突的举动，也就

可以了然了。到了阴历五月初四的午前，他一回来，伊便将一叠账单塞在他的鼻子跟前，这也是往常所没有的。

“一总总得一百八十块钱才够开消 ……发了么？”伊并不对着他看地说。

“哼，我明天不做官了。钱的支票是领来的了，可是索薪大会的代表不发放，先说是没有同去的人都不发，后来又说是要到他们跟前去亲领。他们今天单捏着支票，就变了阎王脸了，我实在怕看见……我钱也不要了，官也不做了，这样无限量的卑屈……”

方太太见了这少见的义愤，倒有些愕然了，但也就沉静下来。

“我想，还不如去亲领罢，这算什么呢。”伊看着他的脸说。

“我不去！这是官俸，不是赏钱，照例应该由会计科送来的。”

“可是不送来又怎么好呢……哦，昨夜忘记说了，孩子们说那学费，学校里已经催过好几次了，说是倘若再不缴……”

“胡说！做老子的办事教书都不给钱，儿子去念几句书倒要钱？”

伊觉得他已经不很顾忌道理，似乎就要将自己当作校长来出气，犯不上，便不再言语了。

两个默默地吃了午饭。他想了一会，又懊恼地出去了。

照旧例，近年是每逢节根或年关的前一天，他一定须在夜里的十二点钟才回家，一面走，一面掏着怀中，一面大声地叫道："喂，领来了！"于是递给伊一叠簇新的中交票[2]，脸上很有些得意的形色。谁知道初四这一天却破了例，他不到七点钟便回家来。方太太很惊疑，以为他竟已辞了职了，但暗暗地察看他脸上，却也并不见有什么格外倒运的神情。

"怎么了？……这样早？……"伊看定了他说。

"发不及了，领不出了，银行已经关了门，得等初八。"

"亲领？……"伊惴惴地问。

"亲领这一层，倒也已经取消了，听说仍旧由会计科分送。可是银行今天已经关了门，休息三天，得等到初八的上午。"他坐下，眼睛看着地面了，喝过一口茶，才又慢慢地开口说，"幸而衙门里也没有什么问题了，大约到初八就准有钱……向不相干的亲戚朋友去借钱，实在是一件烦难事。我午后硬着头皮去寻金永生，谈了一会，他先恭维我不去索薪，不肯亲领，非常之清高，一个人正应该这样做；待到知道我想要向他通融五十元，就像我在他嘴里塞了一大把盐似的，凡有脸上可以打皱的地方都打起皱来，说房租怎样的收不起，买卖怎样的赔本，在同事面前亲身领款，也不算什么的，即刻将我支使出来了。"

"这样紧急的节根，谁还肯借出钱去呢。"方太太却只淡淡地说，并没有什么慨然。

方玄绰低下头来了，觉得这也无怪其然的，况且自己和金

[2] 中国银行和交通银行发行的钞票。

永生本来很疏远。他接着就记起去年年关的事来，那时有一个同乡来借十块钱，他其时明明已经收到了衙门的领款凭单的了，因为恐怕这人将来未必会还钱，便装了一副为难的神色，说道衙门里既然领不到俸钱，学校里又不发薪水，实在“爱莫能助”，将他空手送走了。他虽然自己并不看见装了怎样的脸，但此时却觉得很局促，嘴唇微微一动，又摇一摇头。

然而不多久，他忽而恍然大悟似的发命令了：叫小厮即刻上街去赊一瓶莲花白。他知道店家希图明天多还账，大抵是不敢不赊的，假如不赊，则明天分文不还，正是他们应得的惩罚。

莲花白竟赊来了，他喝了两杯，青白色的脸上泛了红，吃完饭，又颇有些高兴了，他点上一支大号哈德门香烟，从桌上抓起一本《尝试集》来，躺在床上就要看。

“那么，明天怎么对付店家呢？”方太太追上去，站在床面前，看着他的脸说。

“店家？……教他们初八的下半天来。”

“我可不能这么说。他们不相信，不答应的。”

“有什么不相信。他们可以问去，全衙门里什么人也没有领到，都得初八！”他戟着第二个指头在帐子里的空中画了一个半圆，方太太跟着指头也看了一个半圆，只见这手便去翻开了《尝试集》。

方太太见他强横到出乎情理之外了，也暂时开不得口。

“我想，这模样是闹不下去的，将来总得想点法，做点什么别的事……”伊终于寻到了别的路，说。

“什么法呢？我‘文不像誊录生，武不像救火兵’，别的做什么？”

“你不是给上海的书铺子做过文章么？”

“上海的书铺子？买稿要一个一个的算字，空格不算数。你看我写在那里的白话诗去，空白有多少，怕只值三百大钱一本罢。收版权税又半年六月没消息，‘远水救不得近火’，谁耐烦。”

“那么，给这里的报馆里……”

“给报馆里？便在这里很大的报馆里，我靠着一个学生在那里做编辑的大情面，一千字也就是这几个钱，即使一早做到夜，能够养活你们么？况且我肚子里也没有这许多文章。”

“那么，过了节怎么办呢？”

“过了节么？——仍旧做官……明天店家来要钱，你只要说初八的下午。”

他又要看《尝试集》了。方太太怕失了机会，连忙吞吞吐吐地说：

“我想，过了节，到了初八，我们……倒不如去买一张彩票……”

“胡说！会说出这样无教育的……”

这时候，他忽而又记起被金永生支使出来以后的事了。那时他惘惘地走过稻香村，看见店门口竖着许多斗大的字的广告道“头彩几万元”，仿佛记得心里也一动，或者也许放慢了脚步的罢，但似乎因为舍不得皮夹里仅存的六角钱，所以竟也毅然决然地走远了。他脸色一变，方太太料想他是在恼着伊的无教育，便赶紧退开，没有说完话。方玄绰也没有说完话，将腰一伸，咿咿呜呜地就念《尝试集》。

一九二二年六月

读与思

这篇小说题为“端午节”，但全文却几乎没有关于端午节的正面描写，只是把“端午节”这个时间节点作为背景，用以展现小说主角方玄绰表里不一的虚伪模样，塑造了可怜又可恶的小官僚形象。对于这种写作手法，你有怎样的理解呢？

白光

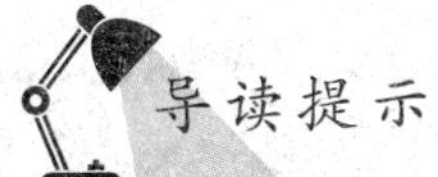

白光是什么，是封建迷信吗？看似像指引，其实也仅仅是幻象。在本文的主人公陈士成经历十六次落榜的打击中，这更像一种安慰。有民间传说，地下有宝藏的地方，它的上方会有白光忽现。其实这是小说题目的由来，也是这篇小说的线索。其背后的主旨是主人公陈士成遭受了十六回落榜的打击，精神最终崩溃。作者把陈士成的“癫狂”和“幻想”刻画得生动形象，细致入微，让人不由感到可悲可叹。

陈士成看过县考的榜，回到家里的时候，已经是下午了。他去得本很早，一见榜，便先在这上面寻陈字。陈字也不少，似乎也都争先恐后地跳进他眼睛里来，然而接着的却全不是士成这两个字。他于是重新再在十二张榜的圆图[1]里细细地搜

[1] 科举时代县考初试公布的名榜，也叫团榜。一般不计名次。为了便于计算，将每五十名考取者的姓名写成一个圆图。开始一名以较大的字提高写，其次沿时针方向自右至左写去。

寻，看的人全已散尽了，而陈士成在榜上终于没有见，单站在试院的照壁的面前。

凉风虽然拂拂地吹动他斑白的短发，初冬的太阳却还是很温和地来晒他。但他似乎被太阳晒得头晕了，脸色越加变成灰白，从劳乏的红肿的两眼里，发出古怪的闪光。这时他其实早已不看到什么墙上的榜文了，只见有许多乌黑的圆圈，在眼前泛泛地游走。

隽了秀才，上省去乡试，一径联捷上去，……绅士们既然千方百计地来攀亲，人们又都像看见神明似的敬畏，深悔先前的轻薄，发昏，……赶走了租住在自己破宅门里的杂姓——那是不劳说赶，自己就搬的——屋宇全新了，门口是旗杆和匾额，……要清高可以做京官，否则不如谋外放……他平日安排停当的前程，这时候又像受潮的糖塔一般，刹时倒塌，只剩下一堆碎片了。他不自觉地旋转了觉得涣散了的身躯，惘惘地走向归家的路。

他刚到自己的房门口，七个学童便一齐放开喉咙，吱地念起书来。他大吃一惊，耳朵边似乎敲了一声磬，只见七个头拖了小辫子在眼前幌，幌得满房，黑圈子也夹着跳舞。他坐下了，他们送上晚课来，脸上都显出小觑他的神色。

"回去罢。"他迟疑了片时，这才悲惨地说。

他们胡乱地包了书包，挟着，一溜烟跑走了。

陈士成还看见许多小头夹着黑圆圈在眼前跳舞，有时杂乱，有时也摆成异样的阵图，然而渐渐地减少了，模糊了。

“这回又完了！”

他大吃一惊，直跳起来，分明就在耳边的话，回过头去却并没有什么人，仿佛又听得嗡地敲了一声磬，自己的嘴也说道：

“这回又完了！”

他忽而举起一只手来，屈指计数着想，十一，十三回，连今年是十六回，竟没有一个考官懂得文章，有眼无珠，也是可怜的事，便不由嘻嘻地失了笑。然而他愤然了，蓦地从书包布底下抽出誊真的制艺和试帖❷来，拿着往外走，刚近房门，却看见满眼都明亮，连一群鸡也正在笑他，便禁不住心头突突地狂跳，只好缩回里面了。

他又就了坐，眼光格外的闪烁；他目睹着许多东西，然而很模糊——是倒塌了的糖塔一般的前程躺在他面前，这前程又只是广大起来，阻住了他的一切路。

别家的炊烟早消歇了，碗筷也洗过了，而陈士成还不去做饭。住在这里的杂姓是知道老例的，凡遇到县考的年头，看见发榜后的这样的眼光，不如及早关了门，不要多管事。最先就绝了人声，接着是陆续地熄了灯火，独有月亮，却缓缓地出现在寒夜的空中。

空中青碧到如一片海，略有些浮云，仿佛有谁将粉笔洗在

---

❷都是科举考试规定的公式化诗文。

笔洗里似的摇曳。月亮对着陈士成注下寒冷的光波来，当初也不过像是一面新磨的铁镜罢了，而这镜却诡秘地照透了陈士成的全身，就在他身上映出铁的月亮的影。

他还在房外的院子里徘徊，眼里颇清静了，四近也寂静。但这寂静忽又无端地纷扰起来，他耳边又确凿听到急促的低声说：

“左弯右弯……”

他耸然了，倾耳听时，那声音却又提高地复述道：

“右弯！”

他记得了。这院子，是他家还未如此凋零的时候，一到夏天的夜间，夜夜和他的祖母在此纳凉的院子。那时他不过十岁有零的孩子，躺在竹榻上，祖母便坐在榻旁边，讲给他有趣的故事听。伊说是曾经听得伊的祖母说，陈氏的祖宗是巨富的，这屋子便是祖基，祖宗埋着无数的银子，有福气的子孙一定会得到的罢，然而至今还没有现。至于处所，那是藏在一个谜语的中间：

“左弯右弯，前走后走，量金量银不论斗。”

对于这谜语，陈士成便在平时，本也常常暗地里加以揣测的，可惜大抵刚以为可通，却又立刻觉得不合了。有一回，他确有把握，知道这是在租给唐家的房底下的了，然而总没有前去发掘的勇气；过了几时，可又觉得太不相像了。至于他自己房子里的几个掘过的旧痕迹，那却全是先前几回下第以后的发了怔忡的举动，后来自己一看到，也还感到惭愧而且羞人。

但今天铁的光罩住了陈士成，又软软地来劝他了，他或者偶一迟疑，便给他正经的证明，又加上阴森的催逼，使他不得不又向自己的房里转过眼光去。

白光如一柄白团扇，摇摇摆摆地闪起在他房里了。

“也终于在这里！”

他说着，狮子似的赶快走进那房里去，但跨进里面的时候，便不见了白光的影踪，只有莽苍苍的一间旧房，和几个破书桌都没在昏暗里。他爽然地站着，慢慢地再定睛，然而白光却分明的又起来了，这回更广大，比硫黄火更白净，比朝雾更霏微，而且便在靠东墙的一张书桌下。

陈士成狮子似的奔到门后边，伸手去摸锄头，撞着一条黑影。他不知怎的有些怕了，张皇地点了灯，看锄头无非倚着。他移开桌子，用锄头一气掘起四块大方砖，蹲身一看，照例是黄澄澄的细沙，撸了袖爬[3]开细沙，便露出下面的黑土来。他极小心地，幽静地，一锄一锄往下掘，然而深夜究竟太寂静了，尖铁触土的声音，总是钝重地不肯瞒人地发响。

土坑深到二尺多了，并不见有瓮口，陈士成正心焦，一声脆响，颇震得手腕痛，锄尖碰着什么坚硬的东西了。他急忙抛下锄头，摸索着看时，一块大方砖在下面。他的心抖得很利害，聚精会神地挖起那方砖来，下面也满是先前一样的黑土，爬松了许多土，下面似乎还无穷。但忽而又触着坚硬的小东西

---

[3] 同“刨”，后文同。

了，圆的，大约是一个锈铜钱；此外也还有几片破碎的磁片。

陈士成心里仿佛觉得空虚了，浑身流汗，急躁得只爬搔。这期间，心在空中一抖动，又触着一种古怪的小东西了，这似乎约略有些马掌形的，但触手很松脆。他又聚精会神地挖起那东西来，谨慎地撮着，就灯光下仔细看时，那东西斑斑剥剥的像是烂骨头，上面还带着一排零落不全的牙齿。他已经悟到这许是下巴骨了，而那下巴骨也便在他手里索索地动弹起来，而且笑吟吟地显出笑影，终于听得他开口道：

“这回又完了！”

他栗然地发了大冷，同时也放了手，下巴骨轻飘飘地回到坑底里不多久，他也就逃到院子里了。他偷看房里面，灯火如此辉煌，下巴骨如此嘲笑，异乎寻常的怕人，便再不敢向那边看。他躲在远处的檐下的阴影里，觉得较为平安了；但在这平安中，忽而耳朵边又听得窃窃地低声说：

“这里没有……到山里去……”

陈士成似乎记得白天在街上也曾听得有人说这种话，他不待再听完，已经恍然大悟了。他突然仰面向天，月亮已向西高峰这方面隐去，远想离城三十五里的西高峰正在眼前，朝笏❹一般黑魆魆地挺立着，周围便放出浩大闪烁的白光来。

---

❹古代君臣朝会时所执狭长板子，用玉、象牙或竹片制成，将要奏的事书记其上，以免遗忘。

而且这白光又远远地就在前面了。

“是的，到山里去！”

他决定地想，惨然地奔出去了。几回的开门声之后，门里面便再不闻一些声息。灯火结了大灯花照着空屋和坑洞，毕毕剥剥的炸了几声之后，便渐渐地缩小以至于无有，那是残油已经烧尽了。

"开城门来——"

含着大希望的恐怖的悲声，游丝似的在西关门前的黎明中，战战兢兢地叫喊。

第二天的日中，有人在离西门十五里的万流湖里看见一个浮尸，当即传扬开去，终于传到地保的耳朵里了，便叫乡下人捞将上来。那是一个男尸，五十多岁，"身中面白无须"，浑身也没有什么衣裤。或者说这就是陈士成。但邻居懒得去看，也并无尸亲认领，于是经县委员相验之后，便由地保埋了。至于死因，那当然是没有问题的，剥取死尸的衣服本来是常有的事，够不上疑心到谋害去；而且仵作也证明是生前的落水，因为他确凿曾在水底里挣命，所以十个指甲里都满嵌着河底泥。

一九二二年六月

读与思

有人说，在当今社会，文凭非常重要，它是我们能力的证明。也有人说，学习不是唯一的出路，文凭只是我们能力的一种证明，并不代表能力本身，更不应该成为沽名钓誉的工具。但是，在学习中锻炼学习的能力，无论是校园还是以后的工作，都是必要的、必须的。你是如何看待这个问题的？不妨和朋友讨论一下吧。

兔和猫

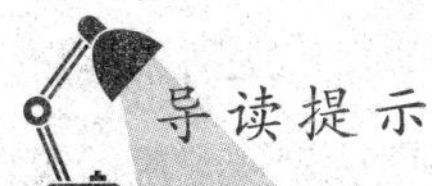

这篇是一篇带有寓言色彩的小说，立意深远。在作者的笔下，小兔子可爱、弱小，代表“被吃”的弱者；大黑猫凶狠、可恶，代表“吃人”的黑暗势力，流露出了作者的爱憎之情。

作者以极强的观察力，把白兔的外形、动作、神态描绘得栩栩如生，语言生动传神，感染力很强。

住在我们后进院子里的三太太，在夏间买了一对白兔，是给伊的孩子们看的。

这一对白兔，似乎离娘并不久，虽然是异类，也可以看出他们的天真烂熳来。但也竖直了小小的通红的长耳朵，动着鼻子，眼睛里颇现些惊疑的神色，大约究竟觉得人地生疏，没有在老家时候的安心了。这种东西，倘到庙会日期自己出去买，每个至多不过两吊钱，而三太太却花了一元，因为是叫小使上店买来的。

孩子们自然大得意了，嚷着围住了看；大人也都围着看；还有一匹[1]小狗名叫S的也跑来，闯过去一嗅，打了一个喷嚏，退了几步。三太太吆喝道："S，听着，不准你咬他！"于是在他头上打了一拳，S便退开了，从此并不咬。

这一对兔总是关在后窗后面的小院子里的时候多，听说是因为太喜欢撕壁纸，也常常啃木器脚。这小院子里有一株野桑树，桑子落地，他们最爱吃，便连喂他们的菠菜也不吃了。乌鸦喜鹊想要下来时，他们便弓着身子用后脚在地上使劲地一弹，砉的一声直跳上来，像飞起了一团雪，鸦鹊吓得赶紧走，这样的几回，再也不敢近来了。三太太说，鸦鹊倒不打紧，至多也不过抢吃一点食料，可恶的是一匹大黑猫，常在矮墙上恶狠狠地看，这却要防的，幸而S和猫是对头，或者还不至于有什么罢。

孩子们时时捉他们来玩耍。他们很和气，竖起耳朵，动着鼻子，驯良地站在小手的圈子里，但一有空，却也就溜开去了。他们夜里的卧榻是一个小木箱，里面铺些稻草，就在后窗的房檐下。

这样的几个月之后，他们忽而自己掘土了，掘得非常快，前脚一抓，后脚一踢，不到半天，已经掘成一个深洞。大家都奇怪，后来仔细看时，原来一个的肚子比别一个的大得多了。

---

[1] 鲁迅先生所处时代是白话文开蒙的时代，一些字词、标点用法以今日的标准而言自是有错，但我们仍旧保留。

他们第二天便将干草和树叶衔进洞里去，忙了大半天。

大家都高兴，说又有小兔可看了；三太太便对孩子们下了戒严令，从此不许再去捉。我的母亲也很喜欢他们家族的繁荣，还说待生下来的离了乳，也要去讨两匹来养在自己的窗外面。

他们从此便住在自造的洞府里，有时也出来吃些食，后来不见了，可不知道他们是预先运粮存在里面呢还是竟不吃。过

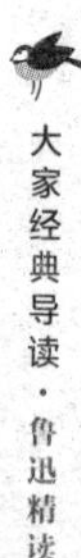

了十多天，三太太对我说，那两匹又出来了，大约小兔是生下来又都死掉了，因为雌的一匹的奶非常多，却并不见有进去哺养孩子的形迹。伊言语之间颇气愤，然而也没有法。

有一天，太阳很温暖，也没有风，树叶都不动，我忽听得许多人在那里笑，寻声看时，却见许多人都靠着三太太的后窗看：原来有一个小兔，在院子里跳跃了。这比他的父母买来的时候还小得远，但也已经能用后脚一弹地，迸跳起来了。孩子们争着告诉我说，还看见一个小兔到洞口来探一探头，但是即刻便缩回去了，那该是他的弟弟罢。

那小的也检些草叶吃，然而大的似乎不许他，往往夹口地抢去了，而自己并不吃。孩子们笑得响，那小的终于吃惊了，便跳着钻进洞里去；大的也跟到洞门口，用前脚推着他的孩子的脊梁，推进之后，又爬开泥土来封了洞。

从此小院子里更热闹，窗口也时时有人窥探了。

然而竟又全不见了那小的和大的。这时是连日的阴天，三太太又虑到遭了那大黑猫的毒手的事去。我说不然，那是天气冷，当然都躲着，太阳一出，一定出来的。

太阳出来了，他们却都不见。于是大家就忘却了。

唯有三太太是常在那里喂他们菠菜的，所以常想到。伊有一回走进窗后的小院子去，忽然在墙角上发见了一个别的洞，再看旧洞口，却依稀地还见有许多爪痕。这爪痕倘说是大兔的，爪该不会有这样大，伊又疑心到那常在墙上的大黑猫去

了，伊于是也就不能不定下发掘的决心了。伊终于出来取了锄子，一路掘下去，虽然疑心，却也希望着意外地见了小白兔的，但是待到底，却只见一堆烂草夹些兔毛，怕还是临蓐时候所铺的罢，此外是冷清清的，全没有什么雪白的小兔的踪迹，以及他那只一探头未出洞外的弟弟了。

气愤和失望和凄凉，使伊不能不再掘那墙角上的新洞了。一动手，那大的两匹便先窜出洞外面。伊以为他们搬了家了，很高兴，然而仍然掘，待见底，那里面也铺着草叶和兔毛，而上面却睡着七个很小的兔，遍身肉红色，细看时，眼睛全都没有开。

一切都明白了，三太太先前的预料果不错。伊为预防危险起见，便将七个小的都装在木箱中，搬进自己的房里，又将大的也捺进箱里面，勒令伊去哺乳。

三太太从此不但深恨黑猫，而且颇不以大兔为然了。据说当初那两个被害之先，死掉的该还有，因为他们生一回，决不至于只两个，但为了哺乳不匀，不能争食的就先死了。这大概也不错的，现在七个之中，就有两个很瘦弱。所以三太太一有闲空，便捉住母兔，将小兔一个一个轮流的摆在肚子上来喝奶，不准有多少。

母亲对我说，那样麻烦的养兔法，伊历来连听也未曾听到过，恐怕是可以收入《无双谱》的。

白兔的家族更繁荣，大家也又都高兴了。

但自此之后，我总觉得凄凉。夜半在灯下坐着想，那两条小性命，竟是人不知鬼不觉的早在不知什么时候丧失了，生物史上不着一些痕迹，并S也不叫一声。我于是记起旧事来，先前我住在会馆里，清早起身，只见大槐树下一片散乱的鸽子毛，这明明是膏于鹰吻的了，上午长班来一打扫，便什么都不见，谁知道曾有一个生命断送在这里呢？我又曾路过西四牌楼，看见一匹小狗被马车轧得快死，待回来时，什么也不见了，搬掉了罢，过往行人憧憧地走着，谁知道曾有一个生命断送在这里呢？夏夜，窗外面，常听到苍蝇的悠长的吱吱的叫声，这一定是给蝇虎咬住了，然而我向来无所容心于其间，而别人并且不听到……

假使造物也可以责备，那么，我以为他实在将生命造得太滥，毁得太滥了。

嗥的一声，又是两条猫在窗外打起架来。

“迅儿！你又在那里打猫了？”

“不，他们自己咬。他那里会给我打呢。”

我的母亲是素来很不以我的虐待猫为然的，现在大约疑心我要替小兔抱不平，下什么辣手，便起来探问了。而我在全家的口碑上，却的确算一个猫敌。我曾经害过猫，平时也常打猫，尤其是在他们配合的时候。但我之所以打的原因并非因为他们配合，是因为他们嚷，嚷到使我睡不着，我以为配合是不必这样大嚷而特嚷的。

况且黑猫害了小兔，我更是“师出有名”的了。我觉得母亲实在太修善，于是不由得就说出模棱的近乎不以为然的答话来。

造物太胡闹，我不能不反抗他了，虽然也许是倒是帮他的忙……

那黑猫是不能久在矮墙上高视阔步的了，我决定地想，于是又不由得一瞥那藏在书箱里的一瓶青酸钾[2]。

一九二二年十月

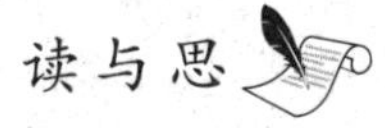

读与思

寓言和童话都是一种特殊的文体，往往有着深远的含义，绝不仅仅只是为了表现动、植物界的虚幻式的生活，而是现实社会生活的投影。想想看，你读过的童话或者寓言故事中，那些事物都代表着什么？试着去理解一下吧。

[2] 即“氰酸钾”。高毒，具刺激性。

祝福（节选）

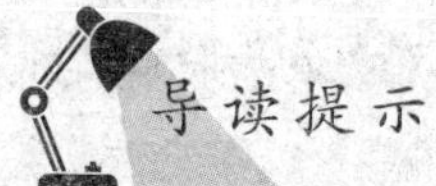

鲁迅先生说："要极俭省地画出一个人的特点，最好是画她的眼睛。"在这篇文章里，作者对"祥林嫂"的眼睛的刻画就是一个生动的证明。

"祥林嫂"由一开始的"顺着眼"到"眼光没有先前那样精神"，到"眼光分外有神"，再到"只有那眼珠间或一轮"，给读者一种心灵的震撼和深沉的悲哀。

但有一年的秋季，大约是得到祥林嫂好运的消息之后的又过了两个新年，她竟又站在四叔家的堂前了。桌上放着一个荸荠式的圆篮，檐下一个小铺盖。她仍然头上扎着白头绳，乌裙，蓝夹袄，月白背心，脸色青黄，只是两颊上已经消失了血色，顺着眼，眼角上带些泪痕，眼光也没有先前那样精神了。而且仍然是卫老婆子领着，显出慈悲模样，絮絮地对四婶说：

"……这实在是叫作'天有不测风云'，她的男人是坚实人，谁知道年纪青青，就会断送在伤寒上？本来已经好了的，吃了一碗冷饭，复发了。幸亏有儿子；她又能做，打柴摘茶养蚕都来得。本来还可以守着，谁知道那孩子又会给狼衔去的呢？春天快完了，村上倒反来了狼，谁料到？现在她只剩了一个光身了。大伯来收屋，又赶她。她真是走投无路了，只好来求老主人。好在她现在已经再没有什么牵挂，太太家里又凑巧要换人，所以我就领她来。——我想，熟门熟路，比生手实在好得多……"

"我真傻，真的，"祥林嫂抬起她没有神采的眼睛来，接着说，"我单知道下雪的时候野兽在山坳里没有食吃，会到村里来，我不知道春天也会有。我一清早起来就开了门，拿小篮盛了一篮豆，叫我们的阿毛坐在门槛上剥豆去。他是很听话的，我的话句句听。他出去了，我就在屋后劈柴，淘米，米下了锅，要蒸豆。我叫阿毛，没有应，出去一看，只见豆撒得一地，没有我们的阿毛了。他是不到别家去玩的，各处去一问，果然没有。我急了，央人出去寻。直到下半天，寻来寻去寻到山坳里，看见刺柴上挂着一只他的小鞋。大家都说，糟了，怕是遭了狼了。再进去，他果然躺在草窠里，肚里的五脏已经都给吃空了，手上还紧紧地捏着那只小篮呢……"她接着但是呜咽，说不出成句的话来。

四婶起初还踌躇，待到听完她自己的话，眼圈就有些红了。她想了一想，便教拿圆篮和铺盖到下房去。卫老婆子仿佛卸了一肩重担似的嘘一口气。祥林嫂比初来时候神气舒畅些，不待指引，自己驯熟地安放了铺盖。她从此又在鲁镇做女工了。

大家仍然叫她祥林嫂。

然而这一回，她的境遇却改变得非常大。上工之后的两三天，主人们就觉得她手脚已没有先前一样灵活，记性也坏得多，死尸似的脸上又整日没有笑影，四婶的口气上，已颇有些不满了。当她初到的时候，四叔虽然照例皱过眉，但鉴于向来雇用女工之难，也就并不大反对，只是暗暗地告诫四婶说，这种人虽然似乎很可怜，但是败坏风俗的，用她帮忙还可以，祭祀时候可用不着她沾手，一切饭菜，只好自己做，否则，不干不净，祖宗是不吃的。

四叔家里最重大的事件是祭祀，祥林嫂先前最忙的时候也就是祭祀，这回她却清闲了。桌子放在堂中央，系上桌帏，她还记得照旧的去分配酒杯和筷子。

“祥林嫂，你放着罢！我来摆。”四婶慌忙地说。

她讪讪地缩了手，又去取烛台。

“祥林嫂，你放着罢！我来拿。”四婶又慌忙地说。

她转了几个圆圈，终于没有事情做，只得疑惑地走开。她在这一天可做的事是不过坐在灶下烧火。

镇上的人们也仍然叫她祥林嫂，但音调和先前很不同；也还和她讲话，但笑容却冷冷的了。她全不理会那些事，只是直着眼睛，和大家讲她自己日夜不忘的故事：

“我真傻，真的，”她说，“我单知道雪天是野兽在深山里没有食吃，会到村里来，我不知道春天也会有。我一大早起来就开了门，拿小篮盛了一篮豆，叫我们的阿毛坐在门槛上剥豆去。他是很听话的孩子，我的话句句听。他就出去了，我就在屋后劈柴，淘米，米下了锅，打算蒸豆。我叫：‘阿毛！’没有应。出去一看，只见豆撒得满地，没有我们的阿毛了。各处去一问，都没有。我急了，央人去寻去。直到下半天，几个人寻到山坳里，看见刺柴上挂着一只他的小鞋。大家都说，完了，怕是遭了狼了。再进去，果然，他躺在草窠里，肚里的五脏已经都给吃空了，可怜他手里还紧紧的捏着那只小篮呢……”她于是淌下眼泪来，声音也呜咽了。

这故事倒颇有效，男人听到这里，往往敛起笑容，没趣地走了开去；女人们却不独宽恕了她似的，脸上立刻改换了鄙薄的神气，还要陪出许多眼泪来。有些老女人没有在街头听到她的话，便特意寻来，要听她这一段悲惨的故事。直到她说到呜咽，她们也就一齐流下那停在眼角上的眼泪，叹息一番，满足地去了，一面还纷纷地评论着。

她就只是反复地向人说她悲惨的故事，常常引住了三五个人来听她。但不久，大家也都听得纯熟了，便是最慈悲的念佛的老太太们，眼里也再不见有一点泪的痕迹。后来全镇的人们几乎都能背诵她的话，一听到就烦厌得头痛。

“我真傻，真的。”她开首说。

“是的，你是单知道雪天野兽在深山里没有食吃，才会到村里来的。”他们立即打断她的话，走开去了。

她张着口怔怔地站着，直着眼睛看他们，接着也就走了，似乎自己也觉得没趣。但她还妄想，希图从别的事，如小篮，豆，别人的孩子上，引出她的阿毛的故事来。倘一看见两三岁的小孩子，她就说：

“唉唉，我们的阿毛如果还在，也就有这么大了……”

孩子看见她的眼光就吃惊，牵着母亲的衣襟催她走。于是又只剩下她一个，终于没趣地也走了。后来大家又都知道了她的脾气，只要有孩子在眼前，便似笑非笑地先问她，道：

“祥林嫂，你们的阿毛如果还在，不是也就有这么大了么？”

她未必知道她的悲哀经大家咀嚼赏鉴了许多天，早已成为渣滓，只值得烦厌和唾弃；但从人们的笑影上，也仿佛觉得这又冷又尖，自己再没有开口的必要了。她单是一瞥他们，并不回答一句话。

鲁镇永远是过新年，腊月二十以后就忙起来了。四叔家里这回须雇男短工，还是忙不过来，另叫柳妈做帮手，杀鸡，宰鹅。然而柳妈是善女人，吃素，不杀生的，只肯洗器皿。祥林嫂除烧火之外，没有别的事，却闲着了，坐着只看柳妈洗器皿。微雪点点地下来了。

"唉唉，我真傻。"祥林嫂看了天空，叹息着，独语似的说。

"祥林嫂，你又来了，"柳妈不耐烦地看着她的脸，说，"我问你：你额角上的伤痕，不就是那时撞坏的么？"

"唔唔。"她含胡[1]地回答。

"我问你：你那时怎么后来竟依了呢？"

"我么？……"

"你呀。我想：这总是你自己愿意了，不然……"

"阿阿，你不知道他力气多么大呀。"

"我不信。我不信你这么大的力气，真会拗他不过。你后来一定是自己肯了，倒推说他力气大。"

"阿阿，你……你倒自己试试看。"她笑了。

柳妈的打皱的脸也笑起来，使她蹙缩得像一个核桃；干枯的小眼睛一看祥林嫂的额角，又钉[2]住她的眼。祥林嫂似乎很

❶同"糊"。

❷同"盯"。

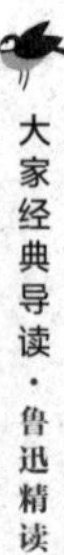

局促了，立刻敛了笑容，旋转眼光，自去看雪花。

“祥林嫂，你实在不合算。”柳妈诡秘地说，“再一强，或者索性撞一个死，就好了。现在呢，你和你的第二个男人过活不到两年，倒落了一件大罪名。你想，你将来到阴司去，那两个死鬼的男人还要争，你给了谁好呢？阎罗大王只好把你锯开来，分给他们。我想，这真是……”

她脸上就显出恐怖的神色来，这是在山村里所未曾知道的。

“我想，你不如及早抵当。你到土地庙里去捐一条门槛，当作你的替身，给千人踏，万人跨，赎了这一世的罪名，免得死了去受苦。”

她当时并不回答什么话，但大约非常苦闷了，第二天早上起来的时候，两眼上便都围着大黑圈。早饭之后，她便到镇的西头的土地庙里去求捐门槛。庙祝起初执意不允许，直到她急得流泪，才勉强答应了。价目是大钱十二千。

她久已不和人们交口，因为阿毛的故事是早被大家厌弃了的，但自从和柳妈谈了天，似乎又即传扬开去，许多人都发生了新趣味，又来逗她说话了。至于题目，那自然是换了一个新样，专在她额上的伤疤。

“祥林嫂，我问你：你那时怎么竟肯了？”一个说。

“唉，可惜，白撞了这一下。”一个看着她的疤，应和道。

她大约从他们的笑容和声调上，也知道是在嘲笑她，所以总是瞪着眼睛，不说一句话，后来连头也不回了。她整日紧闭了嘴唇，头上带着大家以为耻辱的记号的那伤痕，默默地跑街，扫地，洗菜，淘米。快够一年，她才从四婶手里支取了历来积存的工钱，换算了十二元鹰洋，请假到镇的西头去。但不到一顿饭时候，她便回来，神气很舒畅，眼光也分外有神，高兴似的对四婶说，自己已经在土地庙捐了门槛了。

冬至的祭祖时节，她做得更出力，看四婶装好祭品，和阿牛将桌子抬到堂屋中央，她便坦然地去拿酒杯和筷子。

"你放着罢，祥林嫂！"四婶慌忙大声说。

她像是受了炮烙似的缩手，脸色同时变作灰黑，也不再去取烛台，只是失神地站着。直到四叔上香的时候，教她走开，她才走开。这一回她的变化非常大，第二天，不但眼睛窈陷下去，连精神也更不济了。而且很胆怯，不独怕暗夜，怕黑影，即使看见人，虽是自己的主人，也总惴惴的，有如在白天出穴游行的小鼠；否则呆坐着，直是一个木偶人。不半年，头发也花白起来了，记性尤其坏，甚而至于常常忘却了去淘米。

"祥林嫂怎么这样了？倒不如那时不留她。"四婶有时当面就这样说，似乎是警告她。

然而她总如此，全不见有伶俐[3]起来的希望。他们于是想打发她走了，教她回到卫老婆子那里去。但当我还在鲁镇的时

---

❸同"伶俐"。

候，不过单是这样说，看现在的情状，可见后来终于实行了。然而她是从四叔家出去就成了乞丐的呢，还是先到卫老婆子家然后再成乞丐的呢？那我可不知道。

我给那些因为在近旁而极响的爆竹声惊醒，看见豆一般大的黄色的灯火光，接着又听得毕毕剥剥的鞭炮，是四叔家正在“祝福”了——知道已是五更将近时候。我在朦胧中，又隐约听到远处的爆竹声连绵不断，似乎合成一天音响的浓云，夹着团团飞舞的雪花，拥抱了全市镇。我在这繁响的拥抱中，也懒散而且舒适，从白天以至初夜的疑虑，全给祝福的空气一扫而空了，只觉得天地圣众歆享了牲醴和香烟，都醉醺醺地在空中蹒跚，豫[4]备给鲁镇的人们以无限的幸福。

一九二四年二月七日

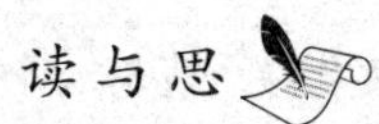

读与思

不可否认，遭遇悲痛是每个人都不愿意面对的事情。但如果悲痛真的发生，你就要去直面它，而不是深陷其中无法自拔。要相信，不论有什么悲伤，都可以度过；不论经历多大的打击，只要一息尚存，就能逆风翻盘。你说对吗？

---

[4] 同“预”。

鸭的喜剧

这是发生在鲁迅先生的好友俄国盲诗人爱罗先珂身上的趣事。为了能听蛙鸣感受田园之乐，爱罗先珂在池塘里放养蝌蚪，后来又养了几只小鸭子，结果蝌蚪全被被鸭子吃光了。想来这样的生活趣事让人莞尔，这是鸭子的幸福，却也是蝌蚪的悲惨。故事告诉我们，弱肉强食是生命规律，也是一种社会现象，唯有反抗强暴，才能保护弱者。

小说语言细腻温婉，质朴亲切，结构简单明了，但内容丰富深广。

俄国的盲诗人爱罗先珂君带了他那六弦琴到北京之后不多久，便向我诉苦说：

“寂寞呀，寂寞呀，在沙漠上似的寂寞呀！”

这应该是真实的，但在我却未曾感得。我住得久了，“入芝兰之室，久而不闻其香”，只以为很是嚷嚷罢了。然而我之所谓嚷嚷，或者也就是他之所谓寂寞罢。

我可是觉得在北京仿佛没有春和秋。老于北京的人说，地气北转了，这里在先是没有这么和暖。只是我总以为没有春和秋：冬末和夏初衔接起来，夏才去，冬又开始了。

一日就是这冬末夏初的时候，而且是夜间，我偶而[1]得了闲暇，去访问爱罗先珂君。他一向寓在仲密君的家里。这时一家的人都睡了觉了，天下很安静。他独自靠在自己的卧榻上，很高的眉棱在金黄色的长发之间微蹙了，是在想他旧游之地的缅甸，缅甸的夏夜。

“这样的夜间，”他说，“在缅甸是遍地是音乐。房里，草间，树上，都有昆虫吟叫，各种声音，成为合奏，很神奇。其间时时夹着蛇鸣：‘嘶嘶！’可是也与虫声相和协……”他沉思了，似乎想要追想起那时的情景来。

我开不得口。这样奇妙的音乐，我在北京确乎未曾听到过，所以即使如何爱国，也辩护不得，因为他虽然目无所见，耳朵是没有聋的。

“北京却连蛙鸣也没有……”他又叹息说。

“蛙鸣是有的！”这叹息，却使我勇猛起来了，于是抗议说，“到夏天，大雨之后，你便能听到许多虾蟆[2]叫，那是都

---

[1] 现一般用“偶尔”。但鲁迅先生原意可能为“偶然而得了……”，故不做改动。

[2] 同“蛤蟆”。

在沟里面的，因为北京到处都有沟。”

“哦……”

过了几天，我的话居然证实了，因为爱罗先珂君已经买到了十几个科斗[3]子。他买来便放在他窗外的院子中央的小池里。那池的长有三尺，宽有二尺，是仲密所掘，以种荷花的荷池。从这荷池里，虽然从来没有见过养出半朵荷花来，然而养虾蟆却实在是一个极合适的处所。

科斗成群结队地在水里面游泳，爱罗先珂君也常常踱来访他们。有时候，孩子告诉他说：“爱罗先珂先生，他们生了脚了。”他便高兴地微笑道：“哦！”

---

[3] 同“蝌蚪”，后文同。

然而养成池沼的音乐家却只是爱罗先珂君的一件事。他是向来主张自食其力的，常说女人可以畜牧，男人就应该种田。所以遇到很熟的友人，他便要劝诱他就在院子里种白菜；也屡次对仲密夫人劝告，劝伊养蜂，养鸡，养猪，养牛，养骆驼。后来仲密家果然有了许多小鸡，满院飞跑，啄完了铺地锦的嫩叶，大约也许就是这劝告的结果了。

从此卖小鸡的乡下人也时常来，来一回便买几只，因为小鸡是容易积食，发痧，很难得长寿的；而且有一匹还成了爱罗先珂君在北京所作唯一的小说《小鸡的悲剧》里的主人公。有一天的上午，那乡下人竟意外的带了小鸭来了，咻咻地叫着，但是仲密夫人说不要。爱罗先珂君也跑出来，他们就放一个在他两手里，而小鸭便在他两手里咻咻地叫。他以为这也很可爱，于是又不能不买了，一共买了四个，每个八十文。

小鸭也诚然是可爱，遍身松花黄，放在地上，便蹒跚地走，互相招呼，总是在一处。大家都说好，明天去买泥鳅来喂他们罢。爱罗先珂君说："这钱也可以归我出的。"

他于是教书去了，大家也走散。不一会，仲密夫人拿冷饭来喂他们时，在远处已听得泼水的声音，跑到一看，原来那四个小鸭都在荷池里洗澡了，而且还翻筋斗，吃东西呢。等到拦他们上了岸，全池已经是浑水，过了半天，澄清了，只见泥里露出几条细藕来，而且再也寻不出一个已经生了脚的科斗了。

"伊和希珂先，没有了，虾蟆的儿子。"傍晚时候，孩子们一见他回来，最小的一个便赶紧说。

“唔，虾蟆？”

仲密夫人也出来了，报告了小鸭吃完科斗的故事。

“唉，唉！……”他说。

待到小鸭褪了黄毛，爱罗先珂君却忽而渴念着他的“俄罗斯母亲”了，便匆匆地向赤塔去。

待到四处蛙鸣的时候，小鸭也已经长成，两个白的，两个花的，而且不复咻咻地叫，都是“鸭鸭”地叫了。荷花池也早已容不下他们盘桓了，幸而仲密的住家的地势是很低的，夏雨一降，院子里满积了水，他们便欣欣然，游水，钻水，拍翅子，“鸭鸭”地叫。

现在又从夏末交了冬初，而爱罗先珂君还是绝无消息，不知道究竟在那里了。

只有四只鸭，却还在沙漠上“鸭鸭”地叫。

一九二二年十月

读与思

爱是世间最美的语言，但爱又有很多类型：有固执己见的盲目的爱，有“无所不爱”的博大的爱，有爱憎分明的理性的爱……那么，你觉得我们应该选择哪种爱，又该如何去爱呢？不妨和朋友讨论一下。

示众

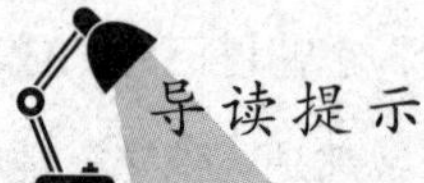

这篇小说围绕着巡警“示众”犯人这一个事件展开，描绘了看客们的众生相。

小说开头用“生光的沙土”“狗拖出舌头”“乌鸦也张着嘴喘气”写出了天气的炎热，为后面对看客们的讽刺做铺垫——为了看热闹，连炎热都不顾了。而看客们顶着烈日看热闹并不是关心“犯人”，而是为了“找乐”，这更是一种极大的讽刺。

首善之区的西城的一条马路上，这时候什么扰攘也没有。火焰焰的太阳虽然还未直照，但路上的沙土仿佛已是闪烁地生光。酷热满和在空气里面，到处发挥着盛夏的威力。许多狗都拖出舌头来，连树上的乌老鸦也张着嘴喘气，——但是，自然也有例外的。远处隐隐有两个铜盏相击的声音，使人忆起酸梅汤，依稀感到凉意，可是那懒懒的单调的金属音的间作，却使那寂静更其深远了。

只有脚步声，车夫默默地前奔，似乎想赶紧逃出头上的烈日。

“热的包子咧！刚出屉的……”

十一二岁的胖孩子，细着眼睛，歪了嘴在路旁的店门前叫喊。声音已经嘶嘎了，还带些睡意，如给夏天的长日催眠。他旁边的破旧桌子上，就有二三十个馒头包子，毫无热气，冷冷地坐着。

“荷阿！馒头包子咧，热的……”

像用力掷在墙上而反拨过来的皮球一般，他忽然飞在马路的那边了。在电杆旁，和他对面，正向着马路，其时也站定了两个人：一个是淡黄制服的挂刀的面黄肌瘦的巡警，手里牵着绳头，绳的那头就拴在别一个穿蓝布大衫上罩白背心的男人的臂膊上。这男人戴一顶新草帽，帽檐四面下垂，遮住了眼睛的

一带。但胖孩子身体矮，仰起脸来看时，却正撞见这人的眼睛了。那眼睛也似乎正在看他的脑壳。他连忙顺下眼，去看白背心，只见背心上一行一行地写着些大大小小的什么字。

刹时间，也就围满了大半圈的看客。待到增加了秃头的老头子之后，空缺已经不多，而立刻又被一个赤膊的红鼻子胖大汉补满了。这胖子过于横阔，占了两人的地位，所以续到的便只能屈在第二层，从前面的两个脖子之间伸进脑袋去。

秃头站在白背心的略略正对面，弯了腰，去研究背心上的文字，终于读起来：

"嗡，都，哼，八，而，……"

胖孩子却看见那白背心正研究着这发亮的秃头，他也便跟着去研究，就只见满头光油油的，耳朵左近还有一片灰白色的头发，此外也不见得有怎样新奇。但是后面的一个抱着孩子的老妈子却想乘机挤进来了。秃头怕失了位置，连忙站直，文字虽然还未读完，然而无可奈何，只得另看白背心的脸：草帽檐下半个鼻子，一张嘴，尖下巴。

又像用了力掷在墙上而反拨过来的皮球一般，一个小学生飞奔上来，一手按住了自己头上的雪白的小布帽，向人丛中直钻进去。但他钻到第三——也许是第四——层，竟遇见一件不可动摇的伟大的东西了，抬头看时，蓝裤腰上面有一座赤条条的很阔的背脊，背脊上还有汗正在流下来。他知道无可措手，只得顺着裤腰右行，幸而在尽头发见了一条空处，透着光明。

他刚刚低头要钻的时候，只听得一声“什么”，那裤腰以下的屁股向右一歪，空处立刻闭塞，光明也同时不见了。

但不多久，小学生却从巡警的刀旁边钻出来了。他诧异地四顾：外面围着一圈人，上首是穿白背心的，那对面是一个赤膊的胖小孩，胖小孩后面是一个赤膊的红鼻子胖大汉。他这时隐约悟出先前的伟大的障碍物的本体了，便惊奇而且佩服似的只望着红鼻子。胖小孩本是注视着小学生的脸的，于是也不禁依了他的眼光，回转头去了，在那里是一个很胖的奶子，奶头四近有几枝很长的毫毛。

“他，犯了什么事啦？……”

大家都愕然看时，是一个工人似的粗人，正在低声下气地请教那秃头老头子。

秃头不作声，单是睁起了眼睛看定他。他被看得顺下眼光去，过一会再看时，秃头还是睁起了眼睛看定他，而且别的人也似乎都睁了眼睛看定他。他于是仿佛自己就犯了罪似的局促起来，终至于慢慢退后，溜出去了。一个挟洋伞的长子就来补了缺，秃头也旋转脸去再看白背心。

长子弯了腰，要从垂下的草帽檐下去赏识白背心的脸，但不知道为什么忽又站直了。于是他背后的人们又须竭力伸长了脖子，有一个瘦子竟至于连嘴都张得很大，像一条死鲈鱼。

巡警，突然间，将脚一提，大家又愕然，赶紧都看他的脚；然而他又放稳了，于是又看白背心。长子忽又弯了腰，还

要从垂下的草帽檐下去窥测，但即刻也就立直，擎起一只手来拼命搔头皮。

秃头不高兴了，因为他先觉得背后有些不太平，接着耳朵边就有唧咕唧咕的声响。他双眉一锁，回头看时，紧挨他右边，有一只黑手拿着半个大馒头正在塞进一个猫脸的人的嘴里去。他也就不说什么，自去看白背心的新草帽了。

忽然，就有暴雷似的一击，连横阔的胖大汉也不免向前一跄踉。同时，从他肩膊上伸出一只胖得不相上下的臂膊来，展开五指，拍的一声正打在胖孩子的脸颊上。

“好快活！你妈的……”同时，胖大汉后面就有一个弥勒佛似的更圆的胖脸这么说。

胖孩子也跄踉了四五步，但是没有倒，一手按着脸颊，旋转身，就想从胖大汉的腿旁的空隙间钻出去。胖大汉赶忙站稳，并且将屁股一歪，塞住了空隙，恨恨地问道：

“什么？”

胖孩子就像小鼠子落在捕机里似的，仓皇了一会，忽然向小学生那一面奔去，推开他，冲出去了。小学生也返身跟出去了。

“吓，这孩子……”总有五六个人都这样说。

待到重归平静，胖大汉再看白背心的脸的时候，却见白背心正在仰面看他的胸脯；他慌忙低头也看自己的胸脯时，只见两乳之间的洼下的坑里有一片汗，他于是用手掌拂去了这些汗。

然而形势似乎总不甚太平了。抱着小孩的老妈子因为在骚

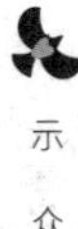

扰时四顾，没有留意，头上梳着的喜鹊尾巴似的“苏州俏”便碰了站在旁边的车夫的鼻梁。车夫一推，却正推在孩子上；孩子就扭转身去，向着圈外，嚷着要回去了。老妈子先也略略一跄踉，但便即站定，旋转孩子来使他正对白背心，一手指点着，说道：

“阿，阿，看呀！多么好看哪！……”

空隙间忽而探进一个戴硬草帽的学生模样的头来，将一粒瓜子之类似的东西放在嘴里，下颚向上一磕，咬开，退出去了。这地方就补上了一个满头油汗而粘着灰土的椭圆脸。

挟洋伞的长子也已经生气，斜下了一边的肩膊，皱眉疾视着肩后的死鲈鱼。大约从这么大的大嘴里呼出来的热气，原也不易招架的，而况又在盛夏。秃头正仰视那电杆上钉着的红牌上的四个白字，仿佛很觉得有趣。胖大汉和巡警都斜了眼研究着老妈子的钩刀般的鞋尖。

“好！”

什么地方忽有几个人同声喝彩。都知道该有什么事情起来了，一切头便全数回转去。连巡警和他牵着的犯人也都有些摇动了。

“刚出屉的包子咧！荷阿，热的……”

路对面是胖孩子歪着头，磕睡似的长呼；路上是车夫们默默地前奔，似乎想赶紧逃出头上的烈日。大家都几乎失望了，幸而放出眼光去四处搜索，终于在相距十多家的路上，发见了

一辆洋车停放着，一个车夫正在爬起来。

圆阵立刻散开，都错错落落地走过去。胖大汉走不到一半，就歇在路边的槐树下；长子比秃头和椭圆脸走得快，接近了。车上的坐客依然坐着，车夫已经完全爬起，但还在摩自己的膝髁。周围有五六个人笑嘻嘻地看他们。

“成么？”车夫要来拉车时，坐客便问。

他只点点头，拉了车就走，大家就惘惘然目送他。起先还知道那一辆是曾经跌倒的车，后来被别的车一混，知不清了。

马路上就很清闲，有几只狗伸出了舌头喘气，胖大汉就在槐阴下看那很快地一起一落的狗肚皮。

老妈子抱了孩子从屋檐阴下蹩过去了。胖孩子歪着头，挤细了眼睛，拖长声音，磕睡地叫喊——

“热的包子咧！荷阿！……刚出屉的……”

一九二五年三月一八日

鲁迅先生曾经说过，人类的悲喜并不相通。正因为不相通，我们才要多一些同理心，多一些感同身受。对别人的欢喜表示祝福，对别人的悲痛报以同情，并提供一些力所能及的帮助。如此，人与人之间才能拥有更多的爱，社会也才会更加和谐融洽。你觉得对吗？

补天

《补天》取材于中国古代神话“女娲补天”与“造人”的故事，作者将历史传说典故与社会现实精妙地结合起来，蕴含着深刻的思想，值得我们细细品味、思考。

文中“女娲”的形象充满了积极向上的力量，让读者为她的献身精神和创造精神深受鼓舞和激励。

一

女娲忽然醒来了。

伊似乎是从梦中惊醒的，然而已经记不清做了什么梦；只是很懊恼，觉得有什么不足，又觉得有什么太多了。煽动的和风，暖暾地将伊的气力吹得弥漫在宇宙里。

伊揉一揉自己的眼睛。

粉红的天空中，曲曲折折地飘着许多条石绿色的浮云，星

便在那后面忽明忽灭的眼。天边的血红的云彩里有一个光芒四射的太阳，如流动的金球包在荒古的熔岩中；那一边，却是一个生铁一般的冷而且白的月亮。然而伊并不理会谁是下去，和谁是上来。

地上都嫩绿了，便是不很换叶的松柏也显得格外的娇嫩。桃红和青白色的斗大的杂花，在眼前还分明，到远处可就成为斑斓的烟霭了。

“唉唉，我从来没有这样的无聊过！”伊想着，猛然间站立起来了，擎上那非常圆满而精力洋溢的臂膊，向天打一个欠伸，天空便突然失了色，化为神异的肉红，暂时再也辨不出伊所在的处所。

伊在这肉红色的天地间走到海边，全身的曲线都消融在淡玫瑰似的光海里，直到身中央才浓成一段纯白。波涛都惊异，起伏得很有秩序了，然而浪花溅在伊身上。这纯白的影子在海水里动摇，仿佛全体都正在四面八方地迸散。但伊自己并没有见，只是不由得跪下一足，伸手掬起带水的软泥来，同时又揉捏几回，便有一个和自己差不多的小东西在两手里。

“阿，阿！”伊固然以为是自己做的，但也疑心这东西就白薯似的原在泥土里，禁不住很诧异了。

然而这诧异使伊喜欢，以未曾有的勇往和愉快继续着伊的事业，呼吸吹嘘着，汗混和着……

“Nga！Nga！”那些小东西可是叫起来了。

“阿，阿！”伊又吃了惊，觉得全身的毛孔中无不有什么东西飞散，于是地上便罩满了乳白色的烟云，伊才定了神，那些小东西也住了口。

“Akon，Agon！”有些东西向伊说。

“阿阿，可爱的宝贝。”伊看定他们，伸出带着泥土的手指去拨他肥白的脸。

“Uvu，Ahaha！”他们笑了。这是伊第一回在天地间看见的笑，于是自己也第一回笑得合不上嘴唇来。

伊一面抚弄他们，一面还是做，被做的都在伊的身边打圈，但他们渐渐地走得远，说得多了，伊也渐渐地懂不得，只觉得耳朵边满是嘈杂的嚷，嚷得颇有些头昏。

伊在长久的欢喜中，早已带着疲乏了。几乎吹完了呼吸，流完了汗，而况又头昏，两眼便蒙胧起来，两颊也渐渐地发了热，自己觉得无所谓了，而且不耐烦。然而伊还是照旧地不歇手，不自觉地只是做。

终于，腰腿的酸痛逼得伊站立起来，倚在一座较为光滑的高山上，仰面一看，满天是鱼鳞样的白云，下面则是黑压压的浓绿。伊自己也不知道怎样，总觉得左右不如意了，便焦躁地伸出手去，信手一拉，拔起一株从山上长到天边的紫藤，一房一房地刚开着大不可言的紫花，伊一挥，那藤便横搭在地面上，遍地散满了半紫半白的花瓣。

伊接着一摆手，紫藤便在泥和水里一翻身，同时也溅出拌

着水的泥土来，待到落在地上，就成了许多伊先前做过了一般的小东西，只是大半呆头呆脑，獐头鼠目的有些讨厌。然而伊不暇理会这等事了，单是有趣而且烦躁，夹着恶作剧地将手只是抡，愈抡愈飞速了，那藤便拖泥带水的在地上滚，像一条给沸水烫伤了的赤练蛇。泥点也就暴雨似的从藤身上飞溅开来，还在空中便成了哇哇地啼哭的小东西，爬来爬去的撒得满地。

伊近于失神了，更其抡，但是不独腰腿痛，连两条臂膊也都乏了力，伊于是不由得蹲下身子去，将头靠着高山，头发漆黑的搭在山顶上，喘息一回之后，叹一口气，两眼就合上了。紫藤从伊的手里落了下来，也困顿不堪似的懒洋洋地躺在地面上。

二

轰！！！

在这天崩地塌价的声音中，女娲猛然醒来，同时也就向东南方直溜下去了。伊伸了脚想踏住，然而什么也踹不到，连忙一舒臂揪住了山峰，这才没有再向下滑的形势。

但伊又觉得水和沙石都从背后向伊头上和身边滚泼过去了，略一回头，便灌了一口和两耳朵的水，伊赶紧低了头，又只见地面不住地动摇。幸而这动摇也似乎平静下去了，伊向后一移，坐稳了身子，这才挪出手来拭去额角上和眼睛边的水，细看是怎样的情形。

情形很不清楚，遍地是瀑布般的流水；大概是海里罢，有

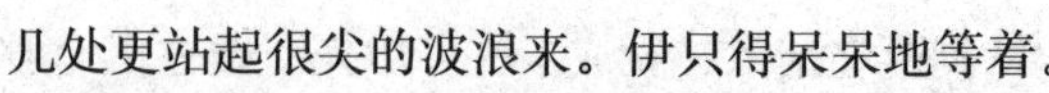

几处更站起很尖的波浪来。伊只得呆呆地等着。

可是终于大平静了，大波不过高如从前的山，像是陆地的处所便露出棱棱的石骨。伊正向海上看，只见几座山奔流过来，一面又在波浪堆里打旋子。伊恐怕那些山碰了自己的脚，便伸手将他们撮住，望那山坳里，还伏着许多未曾见过的东西。

伊将手一缩，拉近山来仔细地看，只见那些东西旁边的地上吐得很狼藉，似乎是金玉的粉末，又夹杂些嚼碎的松柏叶和鱼肉。他们也慢慢地陆续抬起头来了，女娲圆睁了眼睛，好容易才省悟到这便是自己先前所做的小东西，只是怪模怪样的已经都用什么包了身子，有几个还在脸的下半截长着雪白的毛毛了，虽然被海水粘得像一片尖尖的白杨叶。

“阿，阿！”伊诧异而且害怕地叫，皮肤上都起粟，就像触着一只毛刺虫。

“上真救命……”一个脸的下半截长着白毛的昂了头，一面呕吐，一面断断续续地说，“救命……臣等……是学仙的。谁料坏劫到来，天地分崩了……现在幸而……遇到上真……请救蚁命……并赐仙……仙药……”他于是将头一起一落地做出异样的举动。

伊都茫然，只得又说，“什么？”

他们中的许多也都开口了，一样的是一面呕吐，一面“上真上真”地只是嚷，接着又都做出异样的举动。伊被他们闹得心烦，颇后悔这一拉，竟至于惹了莫名其妙的祸。伊无法可想地向四处看，便看见有一队巨鳌正在海面上游玩，伊不由得喜出望外了，立刻将那些山都搁在他们的脊梁上，嘱咐道："给我驼到平稳点的地方去罢！"巨鳌们似乎点一点头，成群结队地驼远了。可是先前拉得过于猛，以致从山上摔下一个脸有白毛的来，此时赶不上，又不会凫水，便伏在海边自己打嘴巴。这倒使女娲觉得可怜了，然而也不管，因为伊实在也没有工夫来管这些事。

伊嘘一口气，心地较为轻松了，再转过眼光来看自己的身边，流水已经退得不少，处处也露出广阔的土石，石缝里又嵌着许多东西，有的是直挺挺的了，有的却还在动。伊瞥见有一个正在白着眼睛呆看伊，那是遍身多用铁片包起来的，脸上的神情似乎很失望而且害怕。

"那是怎么一回事呢？"伊顺便地问。

"呜呼，天降丧。"那一个便凄凉可怜地说，"颛顼不道，抗我后，我后躬行天讨，战于郊，天不祐德，我师反走，……"

"什么？"伊向来没有听过这类话，非常诧异了。

"我师反走，我后爰以厥首触不周之山，折天柱，绝地维，我后亦殂落。呜呼，是实惟……"

"够了够了，我不懂你的意思。"伊转过脸去了，却又看见一个高兴而且骄傲的脸，也多用铁片包了全身的。

"那是怎么一回事呢？"伊到此时才知道这些小东西竟会变这么花样不同的脸，所以也想问出别样的可懂的答话来。

“人心不古，康回实有豕心，觑天位，我后躬行天讨，战于郊，天实祐德，我师攻战无敌，殛康回于不周之山。”

“什么？”伊大约仍然没有懂。

“人心不古，……”

“够了够了，又是这一套！”伊气得从两颊立刻红到耳根，火速背转头，另外去寻觅，好容易才看见一个不包铁片的东西，身子精光，带着伤痕还在流血，只是腰间却也围着一块破布片。他正从别一个直挺挺的东西的腰间解下那破布来，慌忙系上自己的腰，但神色倒也很平淡。

伊料想他和包铁片的那些是别一种，应该可以探出一些头绪了，便问道：

“那是怎么一回事呢？”

“那是怎么一回事呵。”他略一抬头，说。

“那刚才闹出来的是？……”

“那刚才闹出来的么？”

“是打仗罢？”伊没有法，只好自己来猜测了。

“打仗罢？”然而他也问。

女娲倒抽了一口冷气，同时也仰了脸去看天。天上一条大裂纹，非常深，也非常阔。伊站起来，用指甲去一弹，一点儿不清脆，竟和破碗的声音相差无几了。伊皱着眉心，向四面察看一番，又想了一会，便拧去头发里的水，分开了搭在左右肩膀上，打起精神来向各处拔芦柴：伊已经打定了“修补起来再说”的主意了。

伊从此日日夜夜堆芦柴，柴堆高多少，伊也就瘦多少，因为情形不比先前——仰面是歪斜开裂的天，低头是龌龊破烂的地，毫没有一些可以赏心悦目的东西了。

芦柴堆到裂口，伊才去寻青石头。当初本想用和天一色的纯青石的，然而地上没有这么多，大山又舍不得用，有时到热闹处所去寻些零碎，看见的又冷笑，痛骂，或者抢回去，甚而至于还咬伊的手。伊于是只好搀些白石，再不够，便凑上些红黄的和灰黑的，后来总算将就地填满了裂口，止要一点火，一熔化，事情便完成，然而伊也累得眼花耳响，支持不住了。

“唉唉，我从来没有这样的无聊过。”伊坐在一座山顶上，两手捧着头，上气不接下气地说。

这时昆仑山上的古森林的大火还没有熄，西边的天际都通红。伊向西一瞟，决计从那里拿过一株带火的大树来点芦柴积，正要伸手，又觉得脚趾上有什么东西刺着了。

伊顺下眼去看，照例是先前所做的小东西，然而更异样了，累累坠坠的用什么布似的东西挂了一身，腰间又格外挂上十几条布，头上也罩着些不知什么，顶上是一块乌黑的小小的长方板，手里拿着一片物件，刺伊脚趾的便是这东西。

那顶着长方板的却偏站在女娲的两腿之间向上看，见伊一顺眼，便仓皇地将那小片递上来了。伊接过来看时，是一条很光滑的青竹片，上面还有两行黑色的细点，比槲树叶上的黑斑小得多。伊倒也很佩服这手段的细巧。

“这是什么？”伊还不免于好奇，又忍不住要问了。

顶长方板的便指着竹片，背诵如流地说道：“裸裎淫佚，失德蔑礼败度，禽兽行。国有常刑，惟禁！”

女娲对那小方板瞪了一眼，倒暗笑自己问得太悖了，伊本已知道和这类东西扳谈，照例是说不通的，于是不再开口，随手将竹片搁在那头顶上面的方板上，回手便从火树林里抽出一株烧着的大树来，要向芦柴堆上去点火。

忽而听到呜呜咽咽的声音了，可也是闻所未闻的玩艺[1]，伊姑且向下再一瞟，却见方板底下的小眼睛里含着两粒比芥子还小的眼泪。因为这和伊先前听惯的“nga nga”的哭声大不同了，所以竟不知道这也是一种哭。

伊就去点上火，而且不止一地方。

火势并不旺，那芦柴是没有干透的，但居然也烘烘地响，很久很久，终于伸出无数火焰的舌头来，一伸一缩地向上舔，又很久，便合成火焰的重台花，又成了火焰的柱，赫赫地压倒了昆仑山上的红光。大风忽地起来，火柱旋转着发吼，青的和杂色的石块都一色通红了，饴糖似的流布在裂缝中间，像一条不灭的闪电。

风和火势卷得伊的头发都四散而且旋转，汗水如瀑布一般

---

[1] 同“玩意”。

奔流，大光焰烘托了伊的身躯，使宇宙间现出最后的肉红色。

火柱逐渐上升了，只留下一堆芦柴灰。伊待到天上一色青碧的时候，才伸手去一摸，指面上却觉得还很有些参差。

“养回了力气，再来罢……”伊自己想。

伊于是弯腰去捧芦灰了，一捧一捧地填在地上的大水里，芦灰还未冷透，蒸得水澌澌地沸涌，灰水泼满了伊的周身。大风又不肯停，夹着灰扑来，使伊成了灰土的颜色。

“吁！……”伊吐出最后的呼吸来。

天边的血红的云彩里有一个光芒四射的太阳，如流动的金球包在荒古的熔岩中；那一边，却是一个生铁一般的冷而且白的月亮。但不知道谁是下去和谁是上来。这时候，伊的以自己用尽了自己一切的躯壳，便在这中间躺倒，而且不再呼吸了。

上下四方是死灭以上的寂静。

三

有一日，天气很寒冷，却听到一点喧嚣，那是禁军终于杀到了，因为他们等候着望不见火光和烟尘的时候，所以到得迟。他们左边一柄黄斧头，右边一柄黑斧头，后面一柄极大极古的大纛，躲躲闪闪地攻到女娲死尸的旁边，却并不见有什么动静。他们就在死尸的肚皮上扎了寨，因为这一处最膏腴，他们拣选这些事是很伶俐的。然而他们却突然变了口风，说唯有他们是女娲的嫡派，同时也就改换了大纛旗上的科斗字，写道

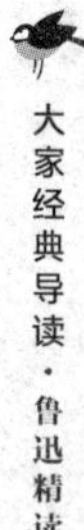

“女娲氏之肠”。

落在海岸上的老道士也传了无数代了。他临死的时候，才将仙山被巨鳌背到海上这一件要闻传授徒弟，徒弟又传给徒孙，后来一个方士想讨好，竟去奏闻了秦始皇，秦始皇便教方士去寻去。

方士寻不到仙山，秦始皇终于死掉了；汉武帝又教寻，也一样的没有影。

大约巨鳌们是并没有懂得女娲的话的，那时不过偶尔凑巧地点了点头。模模糊糊地背了一程之后，大家便走散去睡觉，仙山也就跟着沉下了，所以直到现在，总没有人看见半座神仙山，至多也不外乎发见了若干野蛮岛。

一九二二年十一月作

读与思

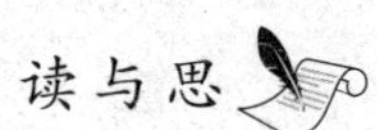

罗曼·罗兰说过，世界上只有一种真正的英雄主义，那就是在认识生活的真相后依然热爱生活。在我们的生活中，可能会遇到几个坏人，但不能因此就把所有人都当做坏人，我们要像女娲一样，以一种宽容、和谐的心态继续努力，但行好事，莫问前程。你是怎样看待这个问题的呢？

药

（节选）

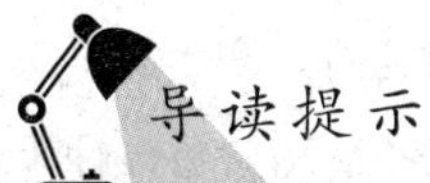

这篇文章的题目意味深长，一是指人血馒头，是医治华老栓儿子的药；二是指革命者夏瑜，是拯救社会的药；三是作者渴望寻找一种医治民众精神麻木，让民众觉醒的新药。几条线索交织进行，将复杂的社会现象进行了深刻地剖析。

三

店里坐着许多人，老栓也忙了，提着大铜壶，一趟一趟地给客人冲茶，两个眼眶，都围着一圈黑线。

“老栓，你有些不舒服么？——你生病么？”一个花白胡子的人说。

“没有。”

“没有？——我想笑嘻嘻的，原也不像……”花白胡子便取消了自己的话。

“老栓只是忙。要是他的儿子……”驼背五少爷话还未完，突然闯进了一个满脸横肉的人，披一件玄色布衫，散着纽扣，用很宽的玄色腰带，胡乱捆在腰间。刚进门，便对老栓嚷道：

“吃了么？好了么？老栓，就是运气了你！你运气，要不是我信息灵……”

老栓一手提了茶壶，一手恭恭敬敬地垂着，笑嘻嘻地听。满座的人，也都恭恭敬敬地听。华大妈也黑着眼眶，笑嘻嘻地送出茶碗茶叶来，加上一个橄榄，老栓便去冲了水。

“这是包好！这是与众不同的。你想，趁热的拿来，趁热吃下。”横肉的人只是嚷。

“真的呢，要没有康大叔照顾，怎么会这样……”华大妈也很感激地谢他。

“包好，包好！这样的趁热吃下。这样的人血馒头，什么痨病都包好！”

华大妈听到“痨病”这两个字，变了一点脸色，似乎有些不高兴；但又立刻堆上笑，搭赸着走开了。这康大叔却没有觉察，仍然提高了喉咙只是嚷，嚷得里面睡着的小栓也合伙咳嗽起来。

“原来你家小栓碰到了这样的好运气了。这病自然一定全好，怪不得老栓整天的笑着呢。”花白胡子一面说，一面走到康大叔面前，低声下气地问道：“康大叔——听说今天结果的一个犯人，便是夏家的孩子，那是谁的孩子？究竟是什么事？”

“谁的？不就是夏四奶奶的儿子么？那个小家伙！”康大叔见众人都耸起耳朵听他，便格外高兴，横肉块块饱绽，越发大声说，“这小东西不要命，不要就是了。我可是这一回一点没有得到好处，连剥下来的衣服，都给管牢的红眼睛阿义拿去了。——第一要算我们栓叔运气；第二是夏三爷赏了二十五两雪白的银子，独自落腰包，一文不花。”

小栓慢慢地从小屋子里走出，两手按了胸口，不住地咳嗽；走到灶下，盛出一碗冷饭，泡上热水，坐下便吃。华大妈跟着他走，轻轻地问道：“小栓，你好些么？——你仍旧只是肚饿？……”

“包好，包好！”康大叔瞥了小栓一眼，仍然回过脸，对众人说，“夏三爷真是乖角儿，要是他不先告官，连他满门抄斩。现在怎样？银子！——这小东西也真不成东西！关在牢里，还要劝牢头造反。”

“阿呀，那还了得。”坐在后排的一个二十多岁的人，很现出气愤模样。

“你要晓得红眼睛阿义是去盘盘底细的，他却和他攀谈了。他说：这大清的天下是我们大家的。你想：这是人话么？红眼睛原知道他家里只有一个老娘，可是没有料到他竟会那么穷，榨不出一点油水，已经气破肚皮了。他还要老虎头上搔痒，便给他两个嘴巴！”

“义哥是一手好拳棒，这两下，一定够他受用了。”壁角的驼背忽然高兴起来。

“他这贱骨头打不怕，还要说可怜可怜哩。”

花白胡子的人说：“打了这种东西，有什么可怜呢？”

康大叔显出看他不上的样子，冷笑着说：“你没有听清我的话，看他神气，是说阿义可怜哩！”

听着的人的眼光，忽然有些板滞，话也停顿了。小栓已经吃完饭，吃得满身流汗，头上都冒出蒸气来。

“阿义可怜——疯话，简直是发了疯了。”花白胡子恍然大悟似的说。

“发了疯了。”二十多岁的人也恍然大悟地说。

店里的坐客，便又现出活气，谈笑起来。小栓也趁着热闹，拚命咳嗽。康大叔走上前，拍他肩膀说：

“包好！小栓——你不要这么咳。包好！”

“疯了。”驼背五少爷点着头说。

四

西关外靠着城根的地面，本是一块官地；中间歪歪斜斜一条细路，是贪走便道的人，用鞋底造成的，但却成了自然的界限。路的左边，都埋着死刑和瘐毙的人，右边是穷人的丛冢。两面都已埋到层层叠叠，宛然阔人家里祝寿时候的馒头。

这一年的清明，分外寒冷，杨柳才吐出半粒米大的新芽。

天明未久，华大妈已在右边的一坐新坟前面，排出四碟菜，一碗饭，哭了一场。化过纸，呆呆地坐在地上，仿佛等候什么似的，但自己也说不出等候什么。微风起来，吹动她短发，确乎比去年白得多了。

小路上又来了一个女人，也是半白头发，褴褛的衣裙；提一个破旧的朱漆圆篮，外挂一串纸锭，三步一歇地走。忽然见华大妈坐在地上看她，便有些踌躇，惨白的脸上，现出些羞愧的颜色，但终于硬着头皮，走到左边的一坐坟前，放下了篮子。

那坟与小栓的坟，一字儿排着，中间只隔一条小路。华大妈看她排好四碟菜，一碗饭，立着哭了一通，化过纸锭，心里暗暗地想："这坟里的也是儿子了。"那老女人徘徊观望了一回，忽然手脚有些发抖，跄跄踉踉退下几步，瞪着眼只是发怔。

华大妈见这样子，生怕她伤心到快要发狂了，便忍不住立起身，跨过小路，低声对她说："你这位老奶奶不要伤心了，——我们还是回去罢。"

那人点一点头，眼睛仍然向上瞪着，也低声吃吃地说道，"你看，——看这是什么呢？"

华大妈跟了她指头看去，眼光便到了前面的坟，这坟上草根还没有全合，露出一块一块的黄土，煞是难看。再往上仔细看时，却不觉也吃一惊——分明有一圈红白的花，围着那尖圆的坟顶。

她们的眼睛都已老花多年了，但望这红白的花，却还能明白看见。花也不很多，圆圆地排成一个圈，不很精神，倒也整齐。华大妈忙看他儿子和别人的坟，却只有不怕冷的几点青白小花，零星开着；便觉得心里忽然感到一种不足和空虚，不愿意根究。那老女人又走近几步，细看了一遍，自言自语地说："这没有根，不像自己开的。——这地方有谁来呢？孩子不会来玩，——亲戚本家早不来了。——这是怎么一回事呢？"她想了又想，忽又流下泪来，大声说道：

"瑜儿，他们都冤枉了你，你还是忘不了，伤心不过，今天特意显点灵，要我知道么？"她四面一看，只见一只乌鸦，站在一株没有叶的树上，便接着说，"我知道了。——瑜儿，可怜他们坑了你，他们将来总有报应，天都知道；你闭了眼睛就是了。——你如果真在这里，听到我的话，——便教这乌鸦飞上你的坟顶，给我看罢。"

微风早经停息了；枯草支支直立，有如铜丝。一丝发抖的声音，在空气中愈颤愈细，细到没有，周围便都是死一般静。两人站在枯草丛里，仰面看那乌鸦；那乌

鸦也在笔直的树枝间，缩着头，铁铸一般站着。

许多的工夫过去了，上坟的人渐渐增多，几个老的小的，在土坟间出没。

华大妈不知怎的，似乎卸下了一挑重担，便想到要走，一面劝着说："我们还是回去罢。"

那老女人叹一口气，无精打采地收起饭菜，又迟疑了一刻，终于慢慢地走了。嘴里自言自语地说："这是怎么一回事呢？……"

她们走不上二三十步远，忽听得背后"哑——"的一声大叫，两个人都竦然地回过头，只见那乌鸦张开两翅，一挫身，直向着远处的天空，箭也似的飞去了。

一九一九年四月

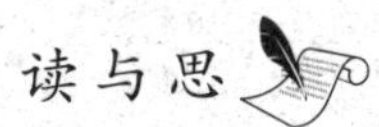

读与思

华老栓夫妇倾其所有为了治好儿子的病，看起来是一种伟大的父母之爱，但其实这种爱却是极度愚昧和盲目的，无益反而有害。在我们身边也有一些这样的父母，对子女一味溺爱，满足他们的一切要求，这样的爱是不负责的，而且有害。你是怎样看待这个问题的？不妨和朋友讨论一下。

狂人日记（节选）

《狂人日记》是鲁迅的第一篇白话小说，也是中国现代文学史上第一篇白话小说。选文是其中一部分节选。

选文用细致的笔墨写出了一个迫害狂症患者的心理活动，把他生活的感受和心理幻觉融合一体，借此表达出了作者想要表达的内容，揭露了旧社会“吃人”的本质。

二

今天全没月光，我知道不妙。早上小心出门，赵贵翁的眼色便怪：似乎怕我，似乎想害我。还有七八个人，交头接耳地议论我，又怕我看见。一路上的人，都是如此。其中最凶的一个人，张着嘴，对我笑了一笑，我便从头直冷到脚跟，晓得他们布置，都已妥当了。

我可不怕，仍旧走我的路。前面一伙小孩子，也在那里议论我；眼色也同赵贵翁一样，脸色也铁青。我想我同小孩子有什么仇，他也这样。忍不住大声说："你告诉我！"他们可就跑了。

我想：我同赵贵翁有什么仇，同路上的人又有什么仇？只有廿年以前，把古久先生的陈年流水簿子，踹了一脚，古久先生很不高兴。赵贵翁虽然不认识他，一定也听到风声，代抱不平；约定路上的人，同我作冤对。但是小孩子呢？那时候，他们还没有出世，何以今天也睁着怪眼睛，似乎怕我，似乎想害我。这真教我怕，教我纳罕而且伤心。

我明白了。这是他们娘老子教的！

三

晚上总是睡不着。凡事须得研究，才会明白。

他们——也有给知县打枷过的，也有给绅士掌过嘴的，也有衙役占了他妻子的，也有老子娘被债主逼死的：他们那时候的脸色，全没有昨天这么怕，也没有这么凶。

最奇怪的是昨天街上的那个女人，打他儿子，嘴里说道："老子呀！我要咬你几口才出气！"他眼睛却看着我。我出了一惊，遮掩不住；那青面獠牙的一伙人，便都哄笑起来。陈老五赶上前，硬把我拖回家中了。

拖我回家，家里的人都装作不认识我，他们的眼色，也全

同别人一样。进了书房，便反扣上门，宛然是关了一只鸡鸭。这一件事，越教我猜不出底细。

前几天，狼子村的佃户来告荒，对我大哥说，他们村里的一个大恶人，给大家打死了。几个人便挖出他的心肝来，用油煎炒了吃，可以壮壮胆子。我插了一句嘴，佃户和大哥便都看我几眼。今天才晓得他们的眼光，全同外面的那伙人一模一样。

想起来，我从顶上直冷到脚跟。

他们会吃人，就未必不会吃我。

你看那女人“咬你几口”的话，和一伙青面獠牙人的笑，和前天佃户的话，明明是暗号。我看出他话中全是毒，笑中全是刀。他们的牙齿，全是白厉厉地排着，这就是吃人的家伙。

照我自己想，虽然不是恶人，自从踹了古家的簿子，可就难说了。他们似乎别有心思，我全猜不出。况且他们一翻脸，便说人是恶人。我还记得大哥教我做论，无论怎样好人，翻他几句，他便打上几个圈；原谅坏人几句，他便说“翻天妙手，与众不同”。我那里猜得到他们的心思，究竟怎样，况且是要吃的时候。

凡事总须研究，才会明白。古来时常吃人，我也还记得，可是不甚清楚。我翻开历史一查，这历史没有年代，歪歪斜斜地每页上都写着“仁义道德”几个字。我横竖睡不着，仔细看了半夜，才从字缝里看出字来，满本都写着两个字是“吃人”！

书上写着这许多字，佃户说了这许多话，却都笑吟吟地睁着怪眼睛看我。

我也是人，他们想要吃我了！

四

早上，我静坐了一会。陈老五送进饭来，一碗菜，一碗蒸鱼。这鱼的眼睛，白而且硬，张着嘴，同那一伙想吃人的人一样。吃了几筷，滑溜溜的不知是鱼是人，便把他兜肚连肠地吐出。

我说：“老五，对大哥说，我闷得慌，想到园里走走。”老五不答应，走了；停一会，可就来开了门。

我也不动，研究他们如何摆布我：知道他们一定不肯放松。果然！我大哥引了一个老头子，慢慢走来。他满眼凶光，怕我看出，只是低头向着地，从眼镜横边暗暗看我。大哥说："今天你仿佛很好。"我说："是的。"大哥说："今天请何先生来，给你诊一诊。"我说："可以！"其实我岂不知道这老头子是刽子手扮的！无非借了看脉这名目，揣一揣肥瘠：因这功劳，也分一片肉吃。我也不怕，虽然不吃人，胆子却比他们还壮。伸出两个拳头，看他如何下手。老头子坐着，闭了眼睛，摸了好一会，呆了好一会，便张开他鬼眼睛说："不要乱想。静静地养几天，就好了。"

不要乱想，静静地养！养肥了，他们是自然可以多吃；我有什么好处，怎么会"好了"？他们这群人，又想吃人，又是鬼鬼祟祟，想法子遮掩，不敢直捷下手，真要令我笑死。我忍不住，便放声大笑起来，十分快活。自己晓得这笑声里面，有得是义勇和正气。老头子和大哥，都失了色，被我这勇气正气镇压住了。

但是我有勇气，他们便越想吃我，沾光一点这勇气。老头子跨出门，走不多远，便低声对大哥说道："赶紧吃罢！"大哥点点头。原来也有你！这一件大发见[1]，虽似意外，也在意中：合伙吃我的人，便是我的哥哥！

吃人的是我哥哥！

我是吃人的人的兄弟！

---

[1] 同"现"。

我自己被人吃了，可仍然是吃人的人的兄弟！

一九一八年四月

小说中的主角虽然是“狂人”的形象，却借此揭示了旧社会的残酷真相。相信同学们也听我们父辈讲过一些过去的故事，对比过去的痛苦，感受现在的幸福生活，同学们是不是会有更深的体会呢？不妨和大家交流一下吧。

优胜记略❶（节选）

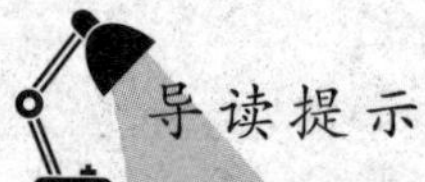

鲁迅塑造的阿Q这一艺术形象在中国几乎家喻户晓，“精神胜利法”也已经成为阿Q的代名词，但阿Q还有其他种种劣根性。

有人说，喜剧的内核是悲剧。正如阿Q，在日常生活中，他的行为更像是一出令人啼笑皆非的喜剧，但他的遭遇以及结局却很悲惨。如此，越发让人感到悲哀。

阿Q不独是姓名籍贯有些渺茫，连他先前的“行状”也渺茫。因为未庄的人们之于阿Q，只要他帮忙，只拿他玩笑，从来没有留心他的“行状”的。而阿Q自己也不说，独有和别人口角的时候，间或瞪着眼睛道：

“我们先前——比你阔得多啦！你算是什么东西！”

---

❶节选自《阿Q正传》第二、三章。

阿Q没有家，住在未庄的土谷祠里；也没有固定的职业，只给人家做短工，割麦便割麦，舂米便舂米，撑船便撑船。工作略长久时，他也或住在临时主人的家里，但一完就走了。所以，人们忙碌的时候，也还记起阿Q来，然而记起的是做工，并不是"行状"；一闲空，连阿Q都早忘却，更不必说"行状"了。只是有一回，有一个老头子颂扬说："阿Q真能做！"这时阿Q赤着膊，懒洋洋地瘦伶仃地正在他面前，别人也摸不着这话是真心还是讥笑，然而阿Q很喜欢。

阿Q又很自尊，所有未庄的居民，全不在他眼睛里，甚而至于对于两位"文童"也有以为不值一笑的神情。夫文童者，将来恐怕要变秀才者也；赵太爷钱太爷大受居民的尊敬，除有钱之外，就因为都是文童的爹爹，而阿Q在精神上独不表格外的崇奉，他想："我的儿子会阔得多啦！"加以进了几回城，阿Q自然更自负，然而他又很鄙薄城里人，譬如用三尺长三寸宽的木板做成的凳子，未庄叫"长凳"，他也叫"长凳"，城里人却叫"条凳"，他想："这是错的，可笑！"油煎大头鱼，未庄都加上半寸长的葱叶，城里却加上切细的葱丝，他想："这也是错的，可笑！"然而未庄人真是不见世面的可笑的乡下人呵，他们没有见过城里的煎鱼！

阿Q"先前阔"，见识高，而且"真能做"，本来几乎是一个"完人"了，但可惜他体质上还有一些缺点。最恼人的是在他头皮上，颇有几处不知起于何时的癞疮疤。这虽然也在他身上，而看阿Q的意思，倒也似乎以为不足贵的，因为他讳说“癞”以及一切近于“赖”的音，后来推而广之，“光”也讳，“亮”也讳，再后来，连“灯”“烛”都讳了。一犯讳，不问有心与无心，阿Q便全疤通红地发起怒来，估量了对手，口讷的他便骂，气力小的他便打；然而不知怎么一回事，总还是阿Q吃亏的时候多。于是他渐渐地变换了方针，大抵改为怒目而视了。

谁知道阿Q采用怒目主义之后，未庄的闲人们便愈喜欢玩笑他。一见面，他们便假作吃惊的说：

“哙，亮起来了。”

阿Q照例的发了怒，他怒目而视了。

“原来有保险灯在这里！”他们并不怕。

阿Q没有法，只得另外想出报复的话来：

“你还不配……”这时候，又仿佛在他头上的是一种高尚的光荣的癞头疮，并非平常的癞头疮了。但上文说过，阿Q是有见识的，他立刻知道和“犯忌”有点抵触，便不再往底下说。

闲人还不完，只撩他，于是终而至于打。阿Q在形式上打败了，被人揪住黄辫子，在壁上碰了四五个响头，闲人这才心满意足地得胜地走了，阿Q站了一刻，心里想：“我总算被儿子打了，现在的世界真不像样……”于是也心满意足地得胜地走了。

阿Q想在心里的，后来每每说出口来，所以凡有和阿Q玩笑的人们，几乎全知道他有这一种精神上的胜利法，此后每逢揪住他黄辫子的时候，人就先一着对他说：

“阿Q，这不是儿子打老子，是人打畜生。自己说：‘人打畜生！’”

阿Q两只手都捏住了自己的辫根，歪着头，说道：

“打虫豸，好不好？我是虫豸——还不放么？”

但虽然是虫豸，闲人也并不放，仍旧在就近什么地方给他碰了五六个响头，这才心满意足地得胜地走了，他以为阿Q这回可遭了瘟。然而不到十秒钟，阿Q也心满意足地得胜地走了，他觉得他是第一个能够自轻自贱的人，除了“自轻自贱”不算外，余下的就是“第一个”。状元不也是“第一个”么？“你算是什么东西”呢？！

阿Q以如是等等妙法克服怨敌之后，便愉快地跑到酒店里喝几碗酒，又和别人调笑一通，口角一通，又得了胜，愉快地回到土谷祠，放倒头睡着了。假使有钱，他便去押牌宝，一堆人蹲在地面上，阿Q即汗流满面的夹在这中间，声音他最响：

“青龙四百！”

“咳——开——啦！”桩家揭开盒子盖，也是汗流满面的唱。“天门啦——角回啦——！人和穿堂空在那里啦——！阿Q的铜钱拿过来——！”

“穿堂一百—— 一百五十！”

阿Q的钱便在这样的歌吟之下，渐渐的输入别个汗流满面的人物的腰间。他终于只好挤出堆外，站在后面看，替别人着急，一直到散场，然后恋恋地回到土谷祠，第二天，肿着眼睛去工作。

但真所谓“塞翁失马安知非福”罢，阿Q不幸而赢了一回，他倒几乎失败了。

这是未庄赛神的晚上。这晚上照例有一台戏，戏台左近，也照例有许多的赌摊。做戏的锣鼓，在阿Q耳朵里仿佛在十里之外——他只听得庄家的歌唱了。他赢而又赢，铜钱变成角洋，角洋变成大洋，大洋又成了叠。他兴高采烈得非常：

“天门两块！”

他不知道谁和谁为什么打起架来了。骂声打声脚步声，昏头昏脑的一大阵，他才爬起来，赌摊不见了，人们也不见了，身上有几处很似乎有些痛，似乎也挨了几拳几脚似的，几个人诧异地对他看。他如有

所失地走进土谷祠，定一定神，知道他的一堆洋钱不见了。赶赛会的赌摊多不是本村人，还到那里去寻根柢呢？

很白很亮的一堆洋钱！而且是他的——现在不见了！说是算被儿子拿去了罢，总还是忽忽不乐；说自己是虫豸罢，也还是忽忽不乐：他这回才有些感到失败的苦痛了。

但他立刻转败为胜了。他擎起右手，用力地在自己脸上连打了两个嘴巴，热剌剌的有些痛。打完之后，便心平气和起来，似乎打的是自己，被打的是别一个自己，不久也就仿佛是自己打了别个一般——虽然还有些热剌剌——心满意足地得胜的躺下了。

他睡着了。

然而阿Q虽然常优胜，却直待蒙赵太爷打他嘴巴之后，这才出了名。

他付过地保二百文酒钱，愤愤地躺下了，后来想："现在的世界太不成话，儿子打老子……"于是忽而想到赵太爷的威风，而现在是他的儿子了，便自己也渐渐地得意起来，爬起身，唱着《小孤孀上坟》到酒店去。这时候，他又觉得赵太爷高人一等了。

说也奇怪，从此之后，果然大家也仿佛格外尊敬他。这在阿Q，或者以为因为他是赵太爷的父亲，而其实也不然。未庄通例，倘如阿七打阿八，或者李四打张三，向来本不算一件事，必须与一位名人如赵老太爷者相关，这才载上他们的口碑。一上口碑，则打的既有名，被打的也就托庇有了名。至于错在阿Q，那自然是不必说。所以者何？就因为赵太爷是不会错的。但他既然错，为什么大家又仿佛格外尊敬他呢？这可难解，穿凿起来说，或者因为阿Q说是赵太爷的本家，虽然挨了打，大家也还怕有些真，总不如尊敬一些稳当。否则，也如孔庙里的太牢一般，虽然与猪羊一样，同是畜生，但既经圣人下箸，先儒们便不敢妄动了。

阿Q此后倒得意了许多年。

有一年的春天，他醉醺醺地在街上走，在墙根的日光下，看见王胡在那里赤着膊捉虱子，他忽然觉得身上也痒起来了。这王胡，又癞又胡，别人都叫他王癞胡，阿Q却删去了一个癞字，然而非常藐视他。阿Q的意思，以为癞是不足为奇的，只有这一部络腮胡子，实在太新奇，令人看不上眼。他于是并排坐下去了。倘是别的闲人们，阿Q本不敢大意坐下去。但这王胡旁边，他有什么怕呢？老实说：他肯坐下去，简直还是抬举他。

阿Q也脱下破夹袄来，翻检了一回，不知道因为新洗呢还是因为粗心，许多工夫，只捉到三四个。他看那王胡，却是一个又一个，两个又三个，只放在嘴里毕毕剥剥地响。

阿Q最初是失望，后来却不平了：看不上眼的王胡尚且那么多，自己倒反这样少，这是怎样的大失体统的事呵！他很想寻一两个大的，然而竟没有，好容易才捉到一个中的，恨恨地塞在厚嘴唇里，狠命一咬，劈的一声，又不及王胡的响。

他癞疮疤块块通红了，将衣服摔在地上，吐一口唾沫，说：

“这毛虫！”

“癞皮狗，你骂谁？”王胡轻蔑地抬起眼来说。

阿Q近来虽然比较的受人尊敬，自己也更高傲些，但和那些打惯的闲人们见面还胆怯，独有这回却非常武勇了。这样满脸胡子的东西，也敢出言无状么？

“谁认便骂谁！”他站起来，两手叉在腰间说。

“你的骨头痒了么？”王胡也站起来，披上衣服说。

阿Q以为他要逃了，抢进去就是一拳。这拳头还未达到身上，已经被他抓住了，只一拉，阿Q跟跟跄跄地跌进去，立刻又被王胡扭住了辫子，要拉到墙上照例去碰头。

“君子动口不动手！”阿Q歪着头说。

王胡似乎不是君子，并不理会，一连给他碰了五下，又用力地一推，至于阿Q跌出六尺多远，这才满足地去了。

在阿Q的记忆上，这大约要算是生平第一件的屈辱，因为王胡以络腮胡子的缺点，向来只被他奚落，从没有奚落他，更不必说动手了。而他现在竟动手，很意外，难道真如市上所说，皇帝已经停了考，不要秀才和举人了，因此赵家减了威风，因此他们也便小觑了他么？

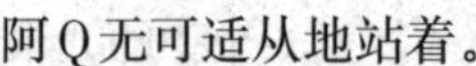

阿Q无可适从地站着。

远远地走来了一个人，他的对头又到了。这也是阿Q最厌恶的一个人，就是钱太爷的大儿子。他先前跑上城里去进洋学堂，不知怎么又跑到东洋去了，半年之后他回到家里来，腿也直了，辫子也不见了，他的母亲大哭了十几场，他的老婆跳了三回井。后来，他的母亲到处说："这辫子是被坏人灌醉了酒剪去了。本来可以做大官，现在只好等留长再说了。"然而阿Q不肯信，偏称他"假洋鬼子"，也叫作"里通外国的人"，一见他，一定在肚子里暗暗地咒骂。

阿Q尤其"深恶而痛绝之"的，是他的一条假辫子。辫子而至于假，就是没了做人的资格；他的老婆不跳第四回井，也不是好女人。

这"假洋鬼子"近来了。

"秃儿。驴……"阿Q历来本只在肚子里骂，没有出过声，这回因为正气忿，因为要报仇，便不由得轻轻地说出来了。

不料这秃儿却拿着一支黄漆的棍子——就是阿Q所谓哭丧棒——大踏步走了过来。阿Q在这刹那，便知道大约要打了，赶紧抽紧筋骨，耸了肩膀等候着，果然，"拍"的一声，似乎确凿打在自己头上了。

"我说他！"阿Q指着近旁的一个孩子，分辩说。

"拍！拍拍！"

在阿Q的记忆上，这大约要算是生平第二件的屈辱。幸而拍拍地响了之后，于他倒似乎完结了一件事，反而觉得轻松些，而且“忘却”这一件祖传的宝贝也发生了效力，他慢慢地走，将到酒店门口，早已有些高兴了。

但对面走来了静修庵里的小尼姑。阿Q便在平时，看见伊也一定要唾骂，而况在屈辱之后呢？他于是发生了回忆，又发生了敌忾了。

“我不知道我今天为什么这样晦气，原来就因为见了你！”他想。

他迎上去，大声地吐一口唾沫：

“咳，呸！”

小尼姑全不睬，低了头只是走。阿Q走近伊身旁，突然伸出手去摸着伊新剃的头皮，呆笑着，说：

“秃儿！快回去，和尚等着你……”

“你怎么动手动脚……”尼姑满脸通红地说，一面赶快走。

酒店里的人大笑了。阿Q看见自己的勋业得了赏识，便愈加兴高采烈起来：

“和尚动得，我动不得？”他扭住伊的面颊。

酒店里的人大笑了。阿Q更得意，而且为了满足那些赏鉴家起见，再用力地一拧，才放手。

他这一战，早忘却了王胡，也忘却了假洋鬼子，似乎对于今天的一切“晦气”都报了仇；而且奇怪，又仿佛全身比拍拍地响了之后轻松，飘飘然的似乎要飞去了。

“这断子绝孙的阿Q！”远远地听得小尼姑的带哭的声音。

“哈哈哈！”阿Q十分得意地笑。

“哈哈哈！”酒店里的人也九分得意地笑。

读与思

阿Q的存在与他所处的时代有很大的关系，如今中国社会发生了翻天覆地的变化，阿Q所处的时代已经一去不复返了。我们生活在美好幸福的时代，人民的精神面貌也今非昔比，但我们仍要注意克服自身的缺点、弱点，不断努力，不断进步，谨防成为新时代的阿Q。你说对吗？

鲁迅

孤独的反叛者

鲁迅，1881年9月25日生，浙江绍兴人，原名周树人，曾用名周樟寿，中国文学家、思想家、革命家。

鲁迅出身于破落的封建家庭，青年时期曾受进化论、尼采哲学、托尔斯泰博爱思想等西方思想影响。1902年前往日本留学，就读医科，后肄业，从事文学相关活动，1909年结束日本留学生活回国。鲁迅的文学与思想活动在日本时就已开始，《摩罗诗力说》《文化偏至论》等用文言文撰写的论文就作于这一时期，是早期鲁迅思想的体现。也是在日本留学期间，鲁迅被母亲叫回老家，与朱安完婚。

1909年，鲁迅回国，曾在杭州、绍兴任教，辛亥革命后，鲁迅前往南京临时政府任教育部部员。后政府北迁至北京，鲁迅便北上出任教育部部员。1912年起至1926年，鲁迅在北京

生活了14年，占他人生中相当大的比例，这一段时间也是辛亥革命的落潮至新文化运动，再到新文化运动的落潮期，鲁迅身在北京，亲历了社会革命和历史变迁，都反映在他的文学作品之中。这也是他文学创作和思想发展的重要时期。

1912年抵京后，鲁迅经历过一段处境低迷的岁月，他在《呐喊·自序》中说“我不是一个振臂一呼应者云集的英雄”，孤独的状态是他当时的写照。在相当长的一段时间里，鲁迅在绍兴会馆中抄古碑，研究中国古代的造像和墓志等金石拓本，展现出他在古籍校勘与研究方面的才能。这段时间被林语堂认为是他的“蛰伏期”，孤独的气氛也奠定了他的写作和思想的基调，哪怕后来孕育出了喷薄的“呐喊”之声，都带有孤独和苍凉的底色。

1918年5月，身在北京的鲁迅第一次使用了“鲁迅”这个笔名，发表了《狂人日记》，这是中国现代文学史上第一篇用现代体式创作的白话短篇小说，内容和形式上都体现出鲜明的现代化特征。此后，鲁迅在1918年至1922年连续写了15篇小说，后出版《呐喊》《彷徨》两部小说集。《呐喊》与《彷徨》也被认为是中国现代小说的成熟之作。中国现代文学史对他有极高又很公允的评价：“中国现代小说在鲁迅手中开始，又在鲁迅手中成熟。”这在中国文学史乃至世界文学史上，都是很少见的现象。

在鲁迅手中诞生的中国现代小说，体现在题材和形式上的创新。在古代小说中，主角要么是才子佳人，要么是妖怪神仙，又或是侠盗赃官，直至鲁迅的现代小说，农民与知识分子才真正成为了文学创作的重要表现对象。鲁迅曾说，他的取材“多采自病态社会的不幸的人们中，意思是在揭出病苦，引起疗救的注意”。这也能看出鲁迅当时秉持着启蒙主义的文学观念，挖掘出了重要的现代文学题材。

在形式上，鲁迅也借鉴了西方小说的形式，但通过自己的转化和发挥，加上他个人的风格化的创造，建立起了中国现代小说的新形式。《狂人日记》被称为第一篇现代白话小说，在于它打破了中国传统小说环环相扣的结构方式，而是采用13篇杂乱而无伦次的日记，依照心理变化组织小说内容，作者的叙述也颠覆了传统小说叙述者全知全能的讲述视角，呈现出现代性的表达。而在《孔乙己》《药》《示众》等小说中，他创新使用“看”与“被看”的二元对立视角，揭示社会的矛盾和人性的病态。

基于这样的创新，鲁迅塑造出了多个经典的文学形象。惯于使用“精神胜利法”的阿Q、《药》中愚昧的华家、《祝福》中的祥林嫂以及《故乡》中经历转变的闰土，都成为存在精神病苦的农民的典型。而《伤逝》中的子君、涓生，《在酒楼上》的“我”，也成为现代知识分子的典型写照。

在开拓现代小说之外，这一期间的鲁迅在散文领域也创作了经典之作《朝花夕拾》与《野草》。在《朝花夕拾》中，鲁迅向读者真实地探路自己的生活，有记录童年的《阿长和〈山海经〉》《从百草园到三味书屋》，还有记录老师的《藤野先生》，讲述友情的《范爱农》，也有对旧伦理道德的批判，如《二十四孝图》《五猖会》。而在《野草》这本散文诗集中，鲁迅集中表现了他作为一个“孤独的个体”凝聚的哲学，以“自言自语”的“独语”体文风，表现他的反抗与绝望。

1926年，鲁迅离开北京，前往厦门，任厦门大学国文系教授，1927年从厦大辞职前往广州，任中山大学文学系主任兼教务主任，同年9月前往上海。1926年至1936年，这是鲁迅生命中最后的十年，在鲁迅后期的创作中，尤其是后期思想最成熟的岁月中，他花费大量心血于杂文的创作，《而已集》《三闲集》《二心集》《南腔北调集》《伪自由书》《准风月谈》等作品都出自这一时期。

用鲁迅的话说：“我的杂文，所写的常是一鼻，一嘴，一毛，但合起来，已几乎是或一形象的全体。”他用杂文这种特殊的文学形式直接参与社会生活，对社会政治、伦理道德、审美进行评判。他的杂文呈现出鲜明的批判性、否定性和攻击性的特色，他认为杂文就在于批判有害的事物，给予“反响或抗争”。他的这种杂文观是一以贯之的，早年在京时的《热风》《坟》，就是对“五四”前后封建礼教、中国历史和国民性的解剖。20年代中期以后，鲁迅的杂文也记录了“革命文学”论争、对国民党政府支持的民族主义文学的斗争、对上海这个半殖民地商业社会的批判等内容，体现了他的反叛性。

其实，自鲁迅杂文诞生之日起，他的作品、他的杂文观包括他本人，都曾遭到强烈的批判和否定，但鲁迅坚持“有意为之”地创作批判性的杂文。他有意不对某人做出全面评判，而是将所批判的对象，在当时当地的言行作为一种类型现象加以剖析。他经常在自己的文章中点名道姓地批判同时代的人，有时用词极为苛刻严厉，甚至带有强烈的主观性，事实上他并非对此人做全面的界定，用他自己的话说，“没有私敌，只有公仇”。

《故事新编》则是鲁迅30年代的小说创作。他从历史和传说中挑选素材，创作出《起死》《补天》《奔月》等文学作品。在这些小说中，他甚至突破了自己在《呐喊》《彷徨》时期为中国现代小说建立的规范，拿出了全新的实验性作品。《故事新编》的素材取自古代，但用今人完全可以理解的角度进行重构，加之荒诞、幽默的笔法，显现出他的“游戏笔墨”，也显现出他骨子里的孤独气氛。

除文学创作外，鲁迅在文学批评、思想研究、文学史研究、翻译、美术理论引进、基础科学介绍等多个领域均有重要贡献，如文学批评和文学史研究方面的研究著作《中国小说史略》《汉文学史纲要》；翻译方面，他与周作人合译有《域外小说集》；而在美术作品方面，他曾为北京大学设计校徽，并多次设计作品选的封面，还倡导中国新兴版画运动，被誉为中国新兴版画

之父。

1936年10月19日上午5时25分，鲁迅在上海逝世，被誉为“民族魂”。

鲁迅年表

- 1881年9月25日 诞生于浙江绍兴。
- 1898年5月到南京江南水师学堂学习。
- 1902年4月入弘文学院学习。
- 1904年4月弘文学院结业后，转入仙台医专学习。
- 1906年3月从仙台医专退学，转入文学活动。
- 1909年8月结束日本留学生活回国。
- 1912年2月到南京临时政府教育部任部员。5月北上，任北京教育部部员。8月被任命为教育部社会教育司第一科科长。
- 1918年5月《狂人日记》发表于《新青年》第4卷第5号，署名鲁迅。

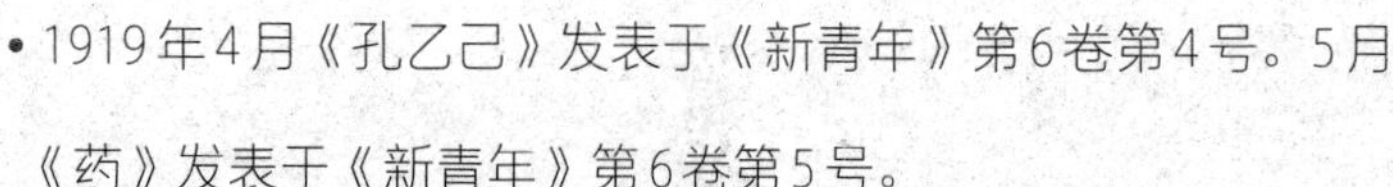

- 1919年4月《孔乙己》发表于《新青年》第6卷第4号。5月《药》发表于《新青年》第6卷第5号。

- 1921年5月《故乡》发表于《新青年》第9卷第1号。12月《阿Q正传》连载于4日至1922年2月12日《晨报副刊》。

- 1923年8月《呐喊》集由北京新潮社出版，为新潮社文艺丛书之一。12月《中国小说史略》(上卷)由北京新潮社出版。

- 1924年3月发表《祝福》。5月发表《在酒楼上》。

- 1925年10月作《伤逝》。11月出版《热风》集。

- 1926年4月《记念刘和珍君》发表于《语丝》第74期。6月，出版《华盖集》，8月出版《彷徨》。9月由北京抵厦门，任厦门大学国文系教授。

- 1927年1月从厦大辞职，前往广州，任中山大学文学系主任兼教务主任。4月辞去职务。9月离广州往上海。

- 1930年3月发表《“硬译”与“文学的阶级性”》，同月出席中国左翼作家联盟成立大会。4月，发表《对于左翼作家联盟的意见》。

- 1933年4月出版《两地书》，同月发表《为了忘却的记念》。

- 1934年3月出版《南腔北调集》。
- 1936年1月《故事新编》出版。10月17日，创作《因太炎先生而想起的二三事》，这是鲁迅最后一篇未完成的文稿。10月19日上午五时二十五分逝世。

图书在版编目（CIP）数据

鲁迅精读 / 鲁迅著. -- 兰州 : 读者出版社,
2022.2
(大家经典导读 / 谢冕主编)
ISBN 978-7-5527-0665-9

Ⅰ. ①鲁… Ⅱ. ①鲁… Ⅲ. ①鲁迅著作—文学欣赏
Ⅳ. ①I210.97

中国版本图书馆CIP数据核字(2021)第244271号

大家经典导读·鲁迅精读
谢 冕 主编
解玺璋 副主编
鲁 迅 著

总 策 划 禹成豪 曹文静
责任编辑 房金蓉
封面设计 万 聪

出版发行 读者出版社
地 址 兰州市城关区读者大道568号(730030)
邮 箱 readerpress@163.com
电 话 0931-2131529(编辑部) 0931-2131507(发行部)

印 刷 朗翔印刷(天津)有限公司
规 格 开本 880 毫米 × 1230 毫米 1/32
印张 7 字数 156 千
版 次 2022 年 2 月第 1 版
2022 年 2 月第 1 次印刷
书 号 ISBN 978-7-5527-0665-9
定 价 49.80元

如发现印装质量问题，影响阅读，请与出版社联系调换。

本书所有内容经作者同意授权，并许可使用。
未经同意，不得以任何形式复制。